29歳、今日から私が家長です。

イ・スラ 著
清水知佐子 訳

CCCメディアハウス

「家女長」、それは一家の生計に責任を持ち、世界をひっくり返す娘たち――

가녀장의시대
THE ERA OF DAUGHTER-IARCHY
by Seula Lee(이슬아)

First published in Korea in 2022 by Storyseller, an imprint of Munhakdongne Publishing Corp.
Japanese translation rights arranged with Storyseller, an imprint of Munhakdongne Publishing Corp.
through Imprima Korea Agency.

This book is published with the support of Literature Translation Institute of Korea(LTI Korea).

目次

太初に家父長がいた

　スラが生まれて初めて覚えた言葉は「お祖父さん」だった。お祖父さんは家長として十一人の家族を従えていた。一人の妻、三人の息子、三人の嫁、四人の孫が彼の隷下にあった。

　一九九九年、スラはお祖父さんから呼称について教えられた。お祖父さんの長男はスラのお父さんだ。お父さんの弟たちは叔父さんだが、彼らが結婚したあとは「小さいお父さん」と呼んだ。小さいお父さんの妻は小さいお母さんだった。スラは自分のお母さんがいちばん好きだった。スラのお母さんはあちこちから呼びつけられて忙しかった。スラの母さん、ちょっと来ておくれ。お義姉さん、スープを持ってきてくださいな。伯母さん、僕、おねしょしちゃった。お母さんは名前ではなく「親族呼称」で呼ばれ、家事をする人だった。大人の女たちは家のことをし、男たちは外で仕事をして、子供たちは言葉を学んだ。言葉というのは世界の秩序だった。

　お祖父さんは孫のスラに毛筆を教えた。そんなことを習うためにじっと座っていられる孫はほかには誰一人おらず、スラは唯一、お祖父さんの墨汁を床にこぼさない子だった。まず、お祖父さんが半紙にお手本を書いてみせた。

父生我身《ブセンアシン》　母鞠吾身《モグクオシン》

スラはそれをすらすら真似て書く。本をたくさん読む子供だったスラにお祖父さんは、自分が書いた字を指差しながら説明する。

「父が私を生み、母が私を育ててくださった、という意味じゃ」

昔々、お祖父さんもお祖父さんのお父さんからそうやって教わったという。お祖父さんのお祖父さんもきっと同じだったに違いない。

大人しく聞いていたスラが疑問をぶつける。

「私を産んでくれたのはお母さんだけど？」

お祖父さんが答える。

「お父さんがいなかったら、お前は生まれてこなかった」

「だけど、私を産んだのはお母さんなのに……」

お祖父さんは幼い孫娘に落ち着いた声で説明する。

「考えてみなさい。畑だけでは穀物は育たんだろう？　種を植えんといかん。種がなければ畑には何も生えてこないんだ」

「だけど、種も畑がないと……」

　スラが反論すると二人の間に大きな心理的距離が生じる。お祖父さんは慌てて次の文章を指差した。

為人子者《ウィインジャジャ》　曷不為孝《カルブルウィヒョ》

「人の子として生まれたからには、親孝行をせねばならんという意味じゃ」

　お祖父さんが厳しく諭した。それは、家父長の言葉であり、恐れ多くも家父長の言葉を否定するのかという戒めのようでもあった。言葉というのは私たちを「らしく」生きさせる。言葉というのは秩序であり権威だからだ。権威を素直に信じる者は騙されやすい者でもある。そう簡単には騙されない者もいるが、騙されない者たちは必然的にさまようことになる。★世界をおかしなものとして捉える結果になるのだ。幼いスラは選択しなければならなかった。騙されるべきか、騙されぬべきか。

　スラはすぐに騙されることを決断し、半紙に正しく「子」「者」「孝」などと書く。そうしてお祖父さんの言うことをよく聞く孫娘のふりをして幼年期を過ごした。お祖父さんが好きだったからだ。

家父長はスラに大きな愛を与えた。美しい名前を授け、成長の基盤となるものを提供した。しかし、家をはじめ、階段、部屋、食卓、テレビ、鉢植えに至るまで、すべては家父長のものだった。彼は孫娘に教えた。お辞儀の仕方にはじまり、十二支の子丑寅卯辰巳午未申酉戌亥はそれぞれどんな動物を意味するのか、肉はどうやってゆでるのか、季節ごとにどんな果物を食べるといいのか……。お祖父さんにとって孫娘は、結局ほかの家の嫁になる存在だったが、彼はスラが人一倍賢いと考えていた。だから、どこへ行くにもスラを連れていった。

お祖父さんが自転車に乗ると、スラはその後ろに座って腰をぎゅっとつかみ、家父長の背中にもたれて目の前を過ぎていく世の中を見ていた。そこは男の商人たちの街で、路地のあちこちで男たちが体と頭を使って何かを売っていた。孫娘を自転車に乗せたお祖父さんが通り過ぎると、彼らは仕事の手を止めて声をかけた。

「お出かけですか?」

お祖父さんは若いころに無一文で上京し、店を構えて家族を養ってきた。彼が自力で一代を築いたことをその街の人たちはよく知っていた。社長であり家父長であるお祖父さんが答える。

★フランスの哲学者、ラカンの言葉。

「この子とうどんを食べに行くんだよ」

彼は孫娘と外食するのが好きだった。お祖父さんとスラは家族の中でいちばん、誰にも気兼ねすることなく外出していた。家父長の偏愛を受けた孫娘は、妻や嫁よりも大きな権力を握るようになるものだ。


うどん屋でお祖父さんが聞いた。

「お前は大きくなったら何になるんだい」

スラは麺をすすりながら家の女たちの顔を思い浮かべる。私も大きくなったらお嫁さんになるのかな。お母さんを見てると苦労するのは間違いなさそうだけど。それとも、お祖母さんになろうかな。でも、お祖母さんは特に大事なことをしているようには見えないし……。ふと、向かいに座ったお祖父さんの顔を見つめる。彼は健康で、自信にあふれ、多くのものを持っていた。スラが知っている大人たちはみんな、彼の言うことに従った。

「私は社長になりたい」

スラの答えに家父長は大きく笑った。

「どんな商売をするんだい」

スラはわからないと答えた。スラはまだ家女長ではなかった。

この家は娘がいちばん偉いらしい

月日が流れ、二十九歳になったスラは家の片隅で逆立ちをしていた。床に頭をつけたまま、祖父のことを考える。祖父はいつもこう言った。

「大事は腹筋で成すものだ。腹が出たらおしまいだぞ」

もう八十代だが、彼のお腹は「王」の字に割れている。スラは深呼吸をしながら姿勢を元に戻し、自分の腹筋を確認した。スラの体もよく鍛えられているものの、祖父の域にはまだまだ達していない。


スラが部屋から出ると、家じゅうが取っ散らかっていた。リビングは箱だらけで、あらゆる家財道具が雑然と置かれている。今日は大仕事が待っている。そう、引っ越しの日だ。引っ越し会社の作業員たちがせっせと動き回る。その間で母・ボキが新聞紙で食器を包み、父・ウンイは冷蔵庫がきちんとトラックに載せられているかを確認する。二人は五十代半ばだ。ものすごく若いわけでもないし、年寄りというわけでもない。一方、トレーニングウェアを着て動き回るスラは、どこからどう見ても若い。今すぐにでもジョギングに出かけるアマチュアスポーツの選手みたいだ。家の権利書や印鑑などを念入りにまとめるスラのかたわらで、荷物を運ぶ男たちが作業をしながらこそこそ話す。

「何でこんなに本が多いんだよ」

「出版社だってさ」

「この家は娘がいちばん偉いらしい」

「何で?」

「全部仕切ってるじゃないか」

すべての荷物がスラの指揮によって運ばれていた。スラは冷たい水やジュースなどを買ってきて作業員たちに渡す。ごくろうさまです、最後までよろしくお願いしますという言葉を添えるのも忘れない。トラック二台が出発し、荷台に満載された荷物が新しい家に運ばれていく。

ボキとウンイが別の車でトラックのあとを追いかけていく間にスラは服を着替えた。お気に入りのシャツにネクタイを締めて長い髪をさっとまとめると、車を運転して不動産屋に向かう。引っ越しと同時に家の本契約が交わされることになっているのだ。途中で花屋に寄る。きれいな花束を買い、カードに短いメッセージも書いた。

何人もの大人が不動産屋のテーブルを囲んでいた。宅地建物取引士がコーヒーを淹れ、スラは頭のよさそうな中年女性と会話を交わす。彼女が今回の売主、つまり引っ越し先の持ち主だ。売主が聞いてきた。

「ご両親は来られてないんですか」

スラが答える。

「はい。荷物を運んでいます」

宅地建物取引士が聞く。

「スラさん一人で契約手続きをして大丈夫ですか」

スラがぶんぶん首を縦に振ってうなずくと、テーブルの上に契約書が置かれた。宅地建物取引士による家の売買に関する説明が続き、スラは集中して耳を傾ける。はんこを押す箇所がやたらと多く、朱肉をつける間、スラの手がわずかに震えた。不動産売買の契約をするのは生まれて初めてだからだ。今この瞬間が信じられず、うるっときた。涙をこらえ、腹筋に力を入れてはんこをぐっと押す。毅然とした態度で契約書を交わすスラの姿に宅地建物取引士がつぶやいた。

「こんなに若いのに……」

売主もひとこと言う。

「ほんとですよ。まだあどけない顔をしてるのにね」

いったいどうやってお金を稼いだのかと、みんな気になるようだ。静寂が流れ、スラが契約書に署名する音だけが響く。静寂を破って売主が単刀直入に聞いた。

「だけど今どき、物書きをして家を買うだなんてあり得ないでしょう」

不動産屋があいづちを打つ。

「出版界は不況だっていうのに。本を読む人もずいぶん減ったっていうし」

全員がスラの答えを待っている。スラがうつむいて住民登録番号を書きながら口を開く。

「私が原稿を……」

視線がスラに集まる。スラはゆっくり言葉を続ける。

「かなり……一生懸命書きました」

不動産屋と売主が笑う。

「運もよかったですし」

スラがつけ足す。彼女はすでに運を使い果たしたと思っていた。契約が終わると、スラは売主に花束とカードを渡す。

「いい家を売ってくださってありがとうございます」

売主がびっくりして喜ぶ。

「家を売って花をもらうのは初めてよ」

「安く売ってくださったのを知っています。大事に住まわせてもらいます」

売主にとっても不動産屋にとっても、忘れられない契約になるだろう。

スラはそうやって家を買った。

家を買うまで本当にたくさんのことがあったけれど、それについてはおいおい明かすことにしよう。

一方、新居では取っ散らかった引っ越し荷物の中でウンイが片づけをしていた。窓の向こうでスラの車が止まる音が聞こえる。

「家の主《あるじ》が来たぞ」

ウンイがつぶやくとボキが汗をぬぐいながら外を見る。壮大な音楽とともにスラが現れてシューズクローゼットの前で叫んだ。

「大事を成し遂げてきましたよ」

ボキとウンイが口をそろえて言う。

「おめでとうございます」

大事を成し遂げはしたものの、新居にはやるべきことが山積みだ。全部片づけ終えるにはかなり時間がかかるだろう。スラが荷物の間から四角い看板を見つけた。

「まずこれを掛けよう」

〝昼寝出版社〟の看板だ。スラは心置きなく釘を打てる家に一度も住んだことがなかった。玄関の前に立ち、打ち付ける位置を決めてこう言った。

「よし、ここがいい」

家女長の指令だ。ウンイが金づちを持ってきて壁に釘を打つ。スラはカタルシスを感じながらそれを見守った。

やっぱり成功した子は違う

締め切りのある生活と締め切りのない生活で人間界を分けるなら、二十九歳のスラは前者をまじめに実行した作家として知られている。彼女は二十一歳でデビューして以来、八年間にわたってまるで食事をするかのように原稿を書き、締め切りを守ってきた。問題は、あまりにも頻繁にそれをくり返したせいで、締め切りというものに鈍感になってしまったことだ。

締め切りの日は、朝はおろか昼食の時間になっても気にも留めず、たいてい日が暮れるまでのんきにほかのことをする。ヨガ、メールの返信、出版社の業務、小学生のための作文教室、インタビュー、オンライン会議、スクワット、昼寝などの日課で日中は慌ただしく過ぎていく。スラがようやく苦痛を感じはじめるのは夕食を済ませてからだ。何も書かれていないまっさらな画面をパソコンに映し出し、独りつぶやく。すべてうまく行くはずだと。でも自信がない。スラはまたつぶやく。みんな失望するだろうな。その言葉のほうがずっと説得力が感じられる。最初の一文はまだ書けていない。

スラは後悔する。朝から書きはじめなかったことを後悔し、自分を過大評価して夜になるまでほかのことをしていたことを後悔し、どうしたって評価にさらされる仕事を選んだことを後悔した。しかし、後悔しようがしまいが、締め切りの時間は刻一刻と近づいている。

寿命が縮まりそうだと思ったスラは突然、「作家　寿命」と打ち込んで検索する。二〇一一年に発表された職業別平均寿命調査によると、最も長生きする職業の第一位は宗教家だった。二位と三位には政治家と大学教授がそれぞれランクインしている。一方、作家は下から二番目だ。この統計の下位圏には芸能人、芸術家、スポーツ選手、作家、ジャーナリストが順に並んでいて、スラはそれらが自分とまったく無関係ではないことに気づいて絶望する。スラは、寿命が長くないと確認された職種に何だかんだ関係していた。こうなった以上、今からでも宗教家の属性を追加して期待寿命を延ばすしかない。スラはふと、尼僧になった自分の姿を想像する。司祭服を着た姿も想像してみた。原稿はまだ一行も書けていない。黙ってパソコンの前に座っているスラにウンイが近づいてきた。

五十四歳のウンイはスラの父であり被雇用者だ。去年までは日雇いで働いていたが、今年から非正規職になった。日中はスラの出版社で掃除と運転、配達、発送作業、経理などの業務を誠実に行うが、就業時間が終わると自由の身だ。ウンイの右手には一夜干しのマゴスケ〔スケトウダラの幼魚〕が、左手にはコーラがある。それを持ってネットフリックスを観に寝室に行く途中、リビングで締め切りと格闘している娘の憂いを帯びた後ろ姿を見てしばらく立ち止まり、優しく声をかけた。

「原稿が書けないなら、ちょっと外の空気を吸ってこい。風に当たって……木を眺めて……草にもちょっと触れてみて……」

スラは、ウンイがそんな情緒のあることを言うなんてどういう風の吹き回しかと思いながら黙って聞いている。ウンイはスラを慰めるように続けた。

「歩きながら深呼吸もして……そうやって心を落ち着けてからまた机に向かえば、ハッと……こんな考えが浮かぶはずだ」

スラが聞く。

「どんな考え？」

ウンイが答える。

「ちくしょう。散歩なんかしないで書けばよかったって」

ウンイがインターネットで見た冗談を言いながらげらげら笑うと、スラが怒りを露にする。

「ちくしょう……」

ウンイは、ふんふんふーんと鼻歌を歌いながら自分の部屋に入る。締め切りのないウンイの後ろ姿はお気楽そのもので、彼はこれから、マゴスケを食べながらネットフリックスを観て寝るだけだ。スラはふと、ウンイの人生がうらやましくなる。文芸創作科を中退し、文学とはすっかりかけ離れてしまった人生、肉体労働によってこつこつとお金を稼ぐ人生、非正規職ではあるものの娘の出版社に就職して最も得意な仕事を軽やかにこなす人生。

一方、五十四歳のボキは寝室の床に寝そべってウンイを待っている。ボキはスラの母であり被雇用者だ。ウンイとは違って彼女はスラの出版社で正社員として働いている。スーパーや食堂の従業員、パン屋の店員、古着屋などの職業を経て五十代の初めに差しかかったころ、ボキは家の前にある定食屋で働こうかと悩んでいた。そのころ、好き勝手に作った独立出版物が偶然にも大ヒットし、出版社を立ち上げた二十七歳のスラがボキに言った。

「お母さん、定食屋じゃなくて私の出版社で働いたら?」

母娘の起業の歴史はそうやって始まった。とは言え、出版社の仕事は一緒にするにしても、本やエッセイを一緒に書くわけにはいかない。父も母も、夜になるとひたすらネットフリックスを観るだけの人たちだ。二人の娘であるスラは勤勉な作家として広く知られている。実際、それは根も葉もないうわさに近かったが、うわさというのは人をすっかり変えてしまうものだ。過大評価を受けたことで強制的に少しずつ勤勉になったスラは、どうにかこうにか夜中の零時ぐらいにはそれらしい原稿を書き上げられるようになっていた。

時間は流れ、スラは原稿を書く。零時が近づくにつれて驚くほどの猛スピードで書く。それは「スラが書く文章」というよりは「締め切りが書かせた文章」だ。

苦しみ悶えた夜が過ぎた。原稿を送信し終えたスラは意気揚々と両親の部屋に行って言う。

「母よ、父よ。私は原稿を書き終えた」

寝そべってネットフリックスを観ていた母と父は、適当に拍手しながら答えた。

「社長、おつかれさまでした」

そうして、こそっとつぶやく。

「やっぱり成功した子は違うよ」

その台詞は二人の間の流行語で、主に、勤勉さを鼻にかけて偉そうにするスラを皮肉るときに使われる言葉だ。スラは構わず、横柄な態度を取り続ける。原稿を書き上げた自分の有能さに酔いしれているからだ。締め切りを終えた物書きの体には、アドレナリンが分泌される。出版界ではそれをマガム《締め切り》とかけてマドレナリンという。マドレナリンのせいで少し興奮していたスラは、母と父に小生意気な口を利く。

「あなたたちも成功したい？　だったら朝早く起きてヨガをすることね」

すると、ボキが応じる。

「いいえ、あたしたちは成功なんてまっぴらよ」

ウンイも加勢する。

「ああ、俺たちは今のままで幸せだ」

スラはイライラする。

「あなたたちも、借金を返して家を買わなきゃダメでしょ。いつまでもここで私と一緒には暮らせないんだからね」

ボキが反論する。

「家なんか買わなくたっていいわよ。もしここを追い出されたら、小さなマンションを借りるかチョンセ〔韓国特有の賃貸契約制度。月ごとの家賃の代わりにまとまった金額の保証金を事前に預ける〕で暮らすから」

ウンイも口を添える。

「お前は成功して金持ちになったけど、俺たちは違うからな」

ボキがスラに聞く。

「それで、いつあたしたちを追い出すつもり？」

スラは少し考えてから答える。

「一年後？」

ウンイが驚く。

「そんなに早くか？」

ボキがウンイに言う。

「あなた、あたしたち一生懸命、お金を貯めなきゃ」

ウンイがボキにささやく。

「俺たちがもっと頑張れば、スラの気が変わることだってあるさ。ずっと一緒に住まわせてくれるかもしれないし」

ボキもウンイにささやく。

「そうね。あの子は忙しくて家のことなんてやってる場合じゃないから、掃除をしてごはんを作って、手伝ってあげる人が必要よ。それに、あの子は味噌汁《テンジャンクク》がなきゃ、ごはんを食べられないんだから」

ウンイがスラに向かって言う。

「俺たちのことを住み込みのお手伝いさんだと思えばいい」

ボキもスラに向かって言う。

「従業員のおばさんとおじさんに部屋を一つ与えたと思えばいいのよ」

スラが聞く。

「もっと広い家に、自分たちだけで住みたいと思わないわけ？」

ボキが答える。

「無駄に広くたって困るだけよ。あたしたちは布団とテレビのある部屋が一つあれば十分」

「くれぐれも……」

口ごもった末にウンイがスラに言う。

「よろしくお願いいたします」

彼らの家には家父長も家母長も存在しない。まさに家女長の時代の始まりだ。

雨が降っても雪が降っても、締め切りがあってもなくても、毎日欠かすことなく一人二階でヨガをするスラを見ながらボキとウンイはささやく。

「大したもんだわ」

「やっぱり、成功した子は違うな」

二人は教室の後ろのほうにいる落第生みたいにへらへら笑う。そしてこう言う。

「正直、一つもうらやましくないけどね」

「俺も」

スラは何も言わずに二人のそばを悠々と通り過ぎ、植物性プロテインを飲む。

ボキがウンイに聞く。

「あたしたちはテレビでも観ようか」

ウンイが答える。

「そうしよう」

二人は寝室に入ってテレビを観る。

スラは家にテレビを置いたことがなかった。ソウルで一人暮らしをしていた十年間、ずっとそうだった。両親と一緒に暮らしはじめて以来、バラエティー番組のにぎやかな音と、ボキとウンイの笑い声が家の中に響き渡るようになり、それは、リビングでぐっすり眠っていた猫の姉妹が驚いて目を覚ますほどの大音量だ。スラはリビングで、両親の爆笑を聞きながら原稿を書きはじめた。スラも笑いたいけれど、一文字も書けていないパソコン画面の前では泣くことも笑うこともできない。ひたすら無味乾燥な表情で書く。両親の寝室からポップコーンが弾けるような笑い声が聞こえてきた。夜が更けていく。

　ウンイがラーメンを作りに出てきた。ボキの分も合わせて二袋を鍋に入れ、スラには聞きもしない。どうせ食べないからだ。スラは夜食とは縁遠い人間だ。そんなことは構わず、ボキとウンイは夜の十一時にラーメンを食べる。寝室でテレビを観ながら食べ、笑いながらスープも飲み干す。全部平らげると、デザートにモンシェル〔ロッテウェルフードのチョコパイ〕を一つずつ食べる。もぐもぐ食べながらボキとウンイは無駄話をする。

「ねえ、これって昔はモンシェルじゃなくてモンシェルトントン《ふっくら》だったよね？」

「ああ、そうだった。あのころはもっとトントン《ふっくら》してて大きかったのに。だんだん量が少なくなっていくみたいだな」

　二人は突然、思い出に浸り、モンシェルが今よりふっくらしていたころのことを回想する。

　スラが二人の寝室に入ってきた。空っぽのラーメンの器とモンシェルの空き袋を前にテレビを観ていたボキとウンイは、少し窮屈そうな体勢で床に座ったり横になったりしていたが、何の心配事もなさそうで、適当な膨満感に包まれた、けだるそうな姿だ。どこか野蛮で快楽主義的でもある。スラがじっと見つめるとボキが聞いた。

「どうしたの？」

　スラはメランコリックな顔で答える。

「二人が幸せならそれでいいよ」

　そう言って原稿を書きに戻っていく。ボキとウンイはまたテレビに集中し、笑う。そして眠りに就く。


　スラは、締め切りもないのに遅くまで起きている夜があり、そんなときはｉＭａｃの画面を見ながらとつとつと語りはじめる。画面の中の誰かと英語で会話しているのだ。寝室でボキがウンイにささやく。

「あの子、英語を勉強してるの？」

　ウンイもよく知らない。

「そうみたいだな」

「何で急に英語の勉強を始めたんだろう」

「さあ」

「やっぱり、成功した子は違うわ」

「そうだな」

しばらくの沈黙の末にボキが言う。

「あたしたちはテレビでも観ましょ」

二人はテレビに集中する。ポン菓子の機械みたいに勢いよく笑いを弾かせながら、テレビを観る。


テレビを観ない夜もある。そんなときは、ウンイはネットフリックスを、ボキはユーチューブを観る。同じ部屋で寝そべって観るが、お互い邪魔しないようにイヤホンをつける。ボキはまだそれに慣れていなくて、イヤホンをつけたまま思わず声を出してしまう。大声で「うわー」、「そうなんだ」、「何てこと！」みたいな合いの手を大きな声で入れながらユーチューブを観る。ウンイはその声に驚いてイヤホンを外す。

「何か言ったか」

その声にボキも驚いてイヤホンを外す。

「何も言ってないわよ」

ウンイは呆れる。

「さっき、何か言ってたじゃないか」

ボキも呆れる。

「あたしが？」

ウンイはため息をつきながらまたイヤホンをつけ、ボキもまたユーチューブに集中する。

ユーチューブには数えきれないほど多くの先生がいる。中でも、最近ボキが関心を持って観ているのは、山野草を採り、民間療法の情報を共有してくれるチャンネルだ。その動画をしばらく観ていたボキが、リビングに出てきてスラに声をかけた。

「ユーチューブにメールって送れるんだっけ？」

締め切りの迫っているスラはモニターを見つめたまま答える。

「ユーチューブじゃなくて、ユーチューバーでしょ？」

ボキは何が違うのかわからない。

「ユーチューバー……？　とにかく、それにメールを送りたいんだけど、どうやればいいの？」

「どうしてもメールを送らないといけないわけ？　聞きたいことがあるなら、コメントを投稿すればいいじゃない」

　ボキは人生初の悩みに陥る。

「コメントを投稿したら……ほかの人たちに、それがあたしだってバレるかな？」

「お母さんのＩＤが何かによるね。ＩＤは何？」

「あたしのＩＤは……何だったっけ？」

　ボキは、そんなことを覚えておく必要のない人生を生きてきた。スラは原稿を書く手を止め、ボキのＩＤを探してやりながらつぶやく。

「お母さんが誰であれ、ほかの人は特に興味ないと思うけど。ものすごく変なコメントを書かない限りはね。何て書くつもりなの？」

「いや、ちょっと……聞きたいことがあって。それはそうと、あたしが書いたコメントは誰でも読めるの？」

「その動画のコメント欄をクリックした人は読めるだろうね」

　ボキは困った顔をする。

「それはちょっとね」

「それはちょっと？」

「ああ、テレビでも観るとするかな」

　そうしてボキはテレビに向かう。

　ボキは本能的に不特定多数を警戒する人だ。よく知らない人たちの前では匿名であっても発言を控える。誰かに失礼になるかもしれないし、自分が恥ずかしい思いをすることになるかもしれないからだ。しかも、書いたものは記録として残るではないか。記録された文章が世の中に出回り、あれこれ誤解されるのではないかと思うとボキは恐ろしくてしかたない。たとえそれが小さな誤解であってもだ。ボキはそういうことに気が進まない。コメントなんて、別に残さなくてもいい。

多くの人がボキみたいにインターネットを使用すれば、世界は今よりもよくなるかもしれないとスラは思う。自分もボキみたいに見るのが専門で書き込むことはない人になりたいと思う。外で思いきり人の話を見聞きしてきて、家族にだけ共有したいとも思う。いつかスラにも、そんなときが訪れるかもしれない。そう思いながら、目の前に迫った原稿を書く。不特定多数の人たちを想像しながら。そんなスラを見ながらボキは感嘆する。

「やっぱり、成功した子は違うわ」

ボキは鼻歌を歌いながら、寝室に入っていく。成功なんてこれっぽっちもしたいと思わないという顔でテレビを観るために。記録しない自由と記録されない自由の中で、一日一日を小川の流れのように過ごしながら彼女はテレビを観る。

追い出されるのが嫌なら我慢しろ

彼らが働く小さな会社の名前は昼寝出版社だ。その名には出版であれ文学であれ、必ず昼寝をしながらやっていくのだという意志が込められている。どんなに重要な仕事でも、いや重要な仕事であればあるほど、少しずつ昼寝をしながらやるべきだというのが社長であるスラの考えだ。眠れない夜が多く、自分が書いた文章に後悔し、枕に頭をのせて横になってもなかなか寝つけなくて明け方まで目をぎらぎらさせたりしているからだ。

スラが好きなのは、背表紙が色別に整理された本棚、書斎での室内喫煙、これ以上直しようのない原稿、レンガ色の口紅、デンタルフロスで歯を掃除すること、シャツとネクタイ、ポマードで髪を後ろに流すことなどだ。

スラが雇っている両親のボキとウンイ。同い年の二人は子供たちをとてもかわいがったが、教育にはあまり関心がなかった。それもそのはず、毎日生きていくだけで精いっぱいだったからだ。ブルーカラーの父は十五回ほど転職し、ときどき詐欺に遭い、借金をして生計を立てている間に子供たちは勝手にすくすく育っていった。両親のほど良い無関心の中で娘は野草みたいな作家になり、息子は野良犬みたいなミュージシャンになった。子供たちは早くから家を出て独立していたが、二十九歳になった年にスラは突然、両親と一緒に住むことを決断した。出版社を家族経営にするためで、スラは出版社兼住居として新居を構えた。

ウンイは昼寝出版社の末端従業員だ。主に作業用のオーバーオールを着て仕事をする。ウンイが好きなのはスラの車の洗車、掃除機をかけ終えた床で休むこと、石けんで髪を洗うこと、笑える猫の動画を観ること、フォークでロールケーキを食べること、ヘアジェルで髪を後ろにとかしつけることなどだ。

ボキは昼寝出版社の中堅社員だ。仕事中は主に小花柄のワンピースを着ている。ボキが好きなのは手を叩いて爆笑すること、シャワーの最後に冷たい水を浴びること、ボーナスと給料、人の使いかけのティッシュをしれっとかすめて使うこと、葉野菜や海苔にごはんやおかずを包んで口いっぱいにほお張ること、布団の上でお菓子を食べることなどだ。

一方、ウンイは布団の上にこぼれたお菓子のかすが大嫌いだ。せっかくゆっくり休もうと思って横になったのに、ザラザラしたお菓子のかすが背中に当たるとイライラが爆発する。そして彼は、最後まで観ても理解できないヨーロッパ映画が苦手だ。

ボキが嫌いなのは、量の少ない食事だ。なかなか割引してくれないニンジン市場

〔フリマサイト〕の出店者も嫌いだ。ボキは豪快な性格だ。たんまり食べて、たんまりあげて、たんまりしゃべって、たんまり笑う。ボキがあんまり大声で笑うと、スラは仕事の手を止めて眉間にしわを寄せる。締め切り前は声や物音に過度に敏感になり、両親がくだらないことで言い争いを始めると、スラは社長としてビシッと言う。

「騒々しいですね。けんかするなら下でやってもらえませんか」

すると、二人は大人しく階下に下りてけんかの続きをする。

それ以外にスラが嫌いなのは、原稿料を明示しない仕事の依頼メール、各種サイトの電子認証の更新などだ。


この何年か、スラは驚くべき生産力で何冊もの良書を出版してきた。それらを管理するのがボキとウンイの仕事だ。日が昇ると二人は、書店から入ってきた本の注文を確認し、受注処理をする。在庫も確認し、破損本を回収し、読者の問い合わせメールに返事を書いて帳簿もつける。昼寝出版社の雑務を二人が引き受けてくれるおかげで、スラは創作に専念できる。

実は、スラの能力にはアンバランスなところがある。すばらしい作家ではあるが、数字に弱く、〇《ゼロ》がたくさんついている金額をきちんと読めない。百万ウォンを千万ウォンと間違えて重大なミスを犯してしまう。すると、ボキとウンイがこそこそさやく。

「あの子、バカじゃない？」

「ときどき、ちょっと頭が足りないんじゃないかと思うな」

そんな社長の悪口大会は二人の寝室でのみ行われる。


夫婦の寝室は地下にある。昼寝出版社の最下階だ。最上階にはスラのレトロチックな書斎と寝室がある。その下の階には出版社の事務室があり、さらにその下の階にはスラのクローゼットがある。ボキとウンイの寝室に行くにはいちばん下の階まで下りなければならず、スラの空間に比べてどこかみすぼらしい。いつかウンイは、映画『パラサイト　半地下の家族』に既視感を覚えてつぶやいた。

「うちの家と構造が似てるな」


昼寝出版社は、あまりフラットとは言えない職場だ。建物の構造も上下関係もほぼ垂直で結構厳しい。

この家の家長でもあるスラは、家の中のどこででもタバコを吸う。書斎で原稿を書きながら吸うことが多いが、書くべきことがどうしても思い浮かばずに焦っているときは家じゅうをうろつきながらタバコを吸う。彼女の父であるウンイも喫煙者だが、タバコは家の外で吸わなければならない。家の中でタバコを吸う権利が認められているのはスラだけだ。スラは、自分は電子タバコを一日に五本しか吸わないが、ウンイは紙タバコを一日に一箱も吸うということと、この家は自分のものだという理由でウンイの室内喫煙を厳しく禁じている。家に深刻な問題が生じた日には、暗黙の了解としてウンイにも室内喫煙が許可されるが、それはめったにあることではない。

ウンイは冬の寒い日でもタバコを吸うためにダウンコートを着て外に出なければならない。ちょっと面倒で悲しいことだ。ぶつぶつ言いながら外に出るウンイにボキは、布団の上でお菓子を食べながら助言する。

「追い出されたくなかったら我慢することね」

二人には家を出るお金はない。ソウルはとんでもなく不動産の相場が高い所で、最近は職を得るのも難しい。ウンイもそれをよく知っているから、大人しく外でタバコを吸っている。

家の外から眺めると、スラの書斎には夜遅くまで灯りがともっていた。あそこでくり返される労働が三人の生活費になるんだ、そう思うとウンイは、あらためて謙虚な気持ちになる。タバコを吸い終えて家の中に入ると、静かに書斎のドアをノックした。スラがモニターに顔を向けたまま答える。

「何ですか？」

ウンイが声をかける。

「お茶をお持ちしましょうか」

「ええ」

「アマドコロ茶ですか」

「生理中だから、ヨモギ茶でお願いします」

「わかりました」

ウンイはキッチンに行き、ヨモギ茶を淹れる。熱々のヨモギ茶を注いだカップをコースターに載せて持っていく。何を書いているのか、どれだけ書いたのかは決して聞かない。その質問はこの家ではタブーだ。締め切りで過敏になっているスラの神経を逆なでしないように注意しながら、ウンイはそっとつま先立ちで寝室に下りていく。

ボキの才能をタダで享受するな

朝から運動に熱心な娘を見て、ボキはふと義父のことを思い出した。義父も必ずそんなふうに朝を始める人だった。

義父はボキが以前仕えていた家長だ。義父の元を離れてずいぶんになるが、ボキの若かりし日々はすべて、彼の家の中で過ぎていった。義父は勤勉で几帳面な家長だった。正直、まじめすぎて疲れるほどだった。家長の指揮下でごはんを作り、皿を洗い、洗濯をし、清掃をするうちにボキの一日は終わっていた。一年に何度も行われた祭祀では、嫁が用意した祭祀膳の前に男女が同席することはなかった。ボキは結婚してからの十年をそうやって過ごした。

義理の両親から独立したのは二〇〇〇年のことだ。周囲を見回すと大家族が解体され、四人ぐらいの核家族が一般的になっていた。三代そろって暮らす家族が登場するテレビドラマもだんだん減っていた。家族全員一緒に暮らしたいと考える義父の性分上、分家は程遠いように思えたが、ボキは自由を切望してウンイを説得した。独立すれば、義父から経済的支援を受けることはできないが、もっと幸せに暮らせるに違いなかった。

ボキ夫婦と子供たちがすべての荷物をまとめて出発する前日、義父は一人で瓶ビールを六本も飲んだ。ウサギみたいにかわいい孫たちの顔を毎日見ることができないと思うと胸が張り裂ける思いだった。彼は、孫娘を座らせて言った。

「スラ、祖父ちゃんのことを忘れるんじゃないぞ」

九歳のスラは祖父をじっと見つめた。丸い額、一重まぶたの目、薄い唇……。幼いスラは早くも、自分と祖父の似ているところに気づいていた。

一方、その日の夜ボキは、大釜のふたに乗って飛ぶ夢を見た。明日から運が開けることを無意識のうちに察したのだ。

分家とともにボキは十一人分の家事労働から解放された。これからは四人分だけ責任を負えばいい。キッチンの主《あるじ》は自分だ。主導権を持つようになるとボキは、あらためて台所仕事が好きだということに気づいた。夫と幼い子供二人を食べさせるぐらいお茶の子さいさいだった。十一人分のごはんを三食用意する苦労に比べれば。

ボキは、子供たちが学校に行っている間にすばやく皿洗いを終えて運転免許を取り、車を運転しはじめた。マンション内にある教室でエアロビクスも習い、友達を作って一緒にビアホールでビールも飲んだ。義父の家ではそんな日常は夢のまた夢だったが、ボキは自分がノリのいい人間だということに驚いた。

義父中心の家父長体制から抜け出すと、夫婦それぞれの個性がよく見えてきた。ウンイは新しい家の中で最年長の男だったが、あまり家父長的な人ではなかった。夫婦は何でも相談して決め、共働きで家計を支えた。二人は、大学を出ていない共同家長としてきつい仕事をいくつも経験した。そして、自分たちがどれほど強いかを知った。ウンイは生計のためなら海にも飛び込むことができたし、ボキもまた生計のためならゴミ山にも登れる人だった。

スラは両親が経験してきた困難な労働の歴史を見守りながら大人になった。大人とは労働に耐える人々だった。ボキとウンイのように、たくさん働いているのにもかかわらず稼ぎが少ない人もいた。家を立て直すのだという渇望がスラの心の中で渦巻いた。

二十一歳でスラが作家デビューすると、祖父から電話がかかってきた。彼は商売人の家から作家が誕生するなんてと言って喜んだ。

「女流作家になったんだな」

祖父にとって作家は基本的に男だった。スラは淡々と答える。

「まだまだこれからだよ」

スラの夢は大出世することだった。

あれから八年が経った。家はスラ中心の家女長体制に再編され、ボキとウンイはスラの下で働いている。出版社の業務だけでなく、家事も夫婦の役目だ。ウンイは主に掃除と洗濯をし、ボキが台所仕事を担当する。ボキの月給はウンイの月給の二倍だ。

「お父さんの労働に比べてお母さんの労働のほうが、代わりがきかないからだよ」

スラが理由を説明した。それに関してウンイは何の不満もない。

三十年前も今も、ボキの労働は大きく変わらない。毎日ごはんを作って皿洗いをし、買い物をして冷蔵庫を管理し、食材の下ごしらえをする。義父と暮らしていたときもそうだったし、今もそうだ。では、何が変わったのか。

家父長制の中では、嫁の家事労働は決してお金に換算されない。それに対し、スラはボキの家事労働に対する報酬を定めた最初の家長だ。家事というものを直接経験したことのある家長だけがそういうお金の使い方を知っている。家事がいかに手のかかる重労働であるか、その時間を節約することによってほかにどれだけ多くのことができるかを知っているスラは、正式にボキを雇うしかなかった。ボキは料理を作ることにかけては天才だ。スラはボキの才能をお金で買ってそれを享受し、ボキはいちばん得意なことでお金を稼いでいる。

忘れかけたころにボキは、義父にご機嫌うかがいの電話をかける。義父もいつの間にかずいぶん年老いた。それでも変わらず、毎朝運動しているという。ボキの周りにそんな人は二人しかいない。ボキは自分にも夫にもない気質を娘が持っていると感じている。娘には「主体者意識」がある。決して客人のようには生きない。家の大事からこまごましたことにまで責任を持つために自分の体を厳しく管理する。それは義父のすばらしいところでもあった。スラが義父のいいところだけ似ているのは不思議なことだ。人間は世代を重ねるごとに立派になっていくのかもしれないとボキは思う。

「ｉＰｈｏｎｅだってだんだん良くなるじゃん」

スラが言うと、ボキがうなずく。

彼女たちには、いいことだけをくり返そうとする意志がある。そして、くり返したくないことをくり返さない力もある。

おじさんの美しさ

ウンイは毎週金曜日に宝くじを二万ウォン分買う。三十九歳のときからそうだったから、もう十年以上続いている。

「そのお金を毎週貯金していたら、今ごろ千万ウォン以上は貯まってただろうに」

スラが家長としてひとこと言う。彼女は株もコインも宝くじも一切買わない。小言を聞かされていたウンイが口を開く。

「誰が宝くじに当たるか知ってますか？」

仕事中は敬語で会話するのが昼寝出版社の規則の一つだ。スラが気乗りのしない返事をする。

「さあ、誰でしょうね」

ウンイは冷静に答える。

「宝くじを買う人です。買わなければ当選しないんですよ」

貧弱で当たり前の論理にスラは言葉を失う。ウンイがつけ加える。

「社長は成功して家も買われたので理解できないでしょうが、私は立場が違います。懐具合が思わしくありませんから」

宝くじに当たれば、マイホーム購入も夢ではない。もしかしたら、韓国を離れることだってあるかもしれない。出版社なんてさっさと辞めてハワイやグアムに移住し、サーフィンをしながら暮らすのも悪くないだろう。

でも、まだ宝くじに当たっていないウンイは末端従業員として仕事に取りかかる。前髪をジェルで後ろになでつけ、オーバーオールにはき替えて上の階に出勤する。彼の午前中の仕事の一つは清掃だ。家じゅうを回りながら掃除機をかけ、二日に一度は雑巾がけもする。いちばん下の階からいちばん上の階まで、丁寧に掃除するのは結構きつい。

ウンイが脂汗をかきながら掃除機をかけている間、ボキはごはんを作り、スラは書斎でメールの返信をする。スラの耳にウンイの掃除機の音がだんだん近づいてきたが、そんなことはお構いなしにスラは自分の仕事に集中し、掃除機が目の前に迫ってくるまで微動だにしない。スラの周辺を除いたすべての床を掃除機が通り終えると、やっとわずかに動く。椅子に座ったまま足を三秒ほど上げるのだ。

その間にウンイが急いで椅子の下を掃除する。スラが再び足を下ろして声をかける。

「ごくろうさまです」

ウンイは「どうも」と答え、黙々と働く。

出版社の建物を取り囲む小さな庭を管理するのもウンイの役目だ。庭には三匹の野良猫が常駐している。彼らは自由な身分だが、一日に一度、ウンイがくれるえさをもらいにお出ましになる。ウンイは三匹のためにえさだけでなく水も用意し、冬場は水が凍らないように温水を混ぜてやる配慮も忘れない。ウンイが用意するえさと水は猫だけでなく近所の鳥たちにも人気で、ハトやカラスやスズメがえさをついばんで飛んでいく。動物たちはちゃんとウンイの厚意に気づいている。

遅めの朝ごはんの食卓でふとスラが言う。

「お父さんも少しはヴィーガンです」

ごくり。ウンイがスープをひとくち飲んでせき込む。ボキとスラはヴィーガンだが、ウンイはヴィーガンではない。彼は酢豚とトンカツが好きだ。出版社の食卓にはヴィーガンメニューとノンヴィーガンメニューが同時に上る。互いに食習慣を強要することはできないからだ。それにしても、なぜウンイも少しはヴィーガンだと言うのか。

「動物福祉に貢献してるじゃないですか。お母さんと私にも協力的だし。ヴィーガンを助ける人はノンヴィーガンであってもヴィーガン志向だと言えます」

ウンイは黙って聞いている。言われてみれば、間違っていないような気もする。だからと言ってすぐに肉をやめる気にはなれない。スラは長期的な計画を持っている。ウンイが自分のペースでヴィーガンに近づくことを願っているのだ。父親を励ましながら、小雨が衣服を濡らしていくように少しずつヴィーガニズムを植えつけるのがスラのやり方だ。

食事を終えるとウンイはまた働く。準備に負けないぐらい片づけも侮れない労働で、そろそろ庭にある生ゴミ用のゴミ箱を洗うタイミングだ。どの家の前にも生ゴミ用のゴミ箱があり、その中はすぐに汚れてしまう。袋からもれた汁がゴミ箱の中にたまってしまうのだ。ウンイはゴム手袋をはめ、心の準備をしてから庭に出る。四角いふたを開けると、ちょっと鼻につく臭いがした。酸っぱくて目に染みるような臭いだ。水道のところに持っていってたまった汁を捨て、息を止めてごしごし洗い流す。ゴミ箱を洗い終えたウンイが家の中に入ってきてつぶやいた。

「大人になるってことは」

ため息をついてから続ける。

「汚いものにも耐えられるようになるってことです」

スラは、視線をパソコンのモニターに固定したまま感謝の意を示す。

「ごくろうさまでした」

ボキも、皿洗いをしながらウンイに話しかける。

「あなた、もっと大変だったころを思い出してみなさいよ」

ウンイはシューズクローゼットの中で物思いにふける。そしてまた、謙虚な気持ちで仕事に戻る。


ウンイのもう一つの業務は家女長を車で送り迎えすることだ。スラが仕事で外出するとき、ウンイは前もってエンジンを温めて待機する。車の助手席でスラは業務電話に追われるが、それが終わるとウンイは前からしたかった話を切り出す。

「タトゥーをしようかと思って」

スラが答える。

「やりたければどうぞ」

ウンイはまだ悩んでいる。

「どんな模様がいいでしょうね」

スラがしばらく考えてから言う。

「強く見せようとするタトゥーは、かえって弱く見えます。美しいおじさんになるのは、容易なことではありませんよ。お父さんみたいな中年男性ほど、謙虚な可愛らしさを追求するのが賢明な選択です」

数日後、スラが描いてくれた図案を持ってタトゥーショップに向かった。しばらくすると右腕に掃除機を、左腕にモップの絵を刻んだウンイが家に帰ってきてうれしそうに両腕を差し出した。それを見たボキが体をびくっとさせて驚く。

「あなた、とっても……」

ボキは悩みながら言葉を選ぶ。

「とっても……まじめに見えるわ！」

書斎から下りてきたスラがウンイの姿を見てひとこと言う。

「セクシーだね」

ボキが聞き返す。

「セクシー？」

スラが答える。

「こんなタトゥーを入れた若者がいたら、私ならすぐプロポーズするな」

ウンイは、掃除機とモップが刻まれた両腕を振りながら仕事に戻る。片づけるものが毎日生じるのは当然だ。ウンイは一日分の体力が朝日とともに満ちることを知っている。宝くじに当たるまで彼の労働は続くだろう。

　スラの同い年のいとこたちは、困ったことがあるとウンイに電話してくる。するとウンイは、車の運転中でも掃除機をかけている途中でも電話に出て、こんなやりとりがなされる。

「伯父さん、バイクの運転中に接触事故を起こしちゃって」

「ひどいのか？」

「大したことはないんだけど、修理費が少しかかりそうなんだ」

　ウンイはけが人がいないかどうかを確認してから保険処理の手順を教えてやる。くれぐれも整備工場でぼったくられないようにと念押ししたうえで、どの部品を交換すべきかを一緒にチェックしてやり、ぶっきらぼうに言う。

「お前の父さんに聞けばいいじゃないか。どうして俺に電話してくるんだ」

「何となく」

「次からは自分で解決するんだぞ」

　ウンイが面倒くさそうに電話を切っても、いとこたちはまた電話をしてくる。

いとこたちだけではない。ある日、電球を交換していたスラの友達のミランから電話がかかってきた。

「ウンイさん、電球を替えていたら急にパンと音がして、家じゅうの電気が消えてしまったんです」

ウンイは運転しながら、娘の友達の家にある分電盤の状態を詳しく聞いて把握したあと、落ち着いて説明する。

「ショートしてヒューズが飛んだんだ。金物店に行ってヒューズを一つ買っておいで。古い家だから旧型ヒューズを買えばいい。交換は簡単だよ」

「ヒューズはいくらですか？」

「五百ウォン」

「たった五百ウォンなんですか？　修理工を呼ばないといけないと思って心配してたんだけど、ホッとしました」

「ところで、何で俺に電話するんだい？　彼氏に聞けばいいじゃないか」

「聞いてみたけど、知らないって」

「じゃあ、これを機に一緒に覚えろって言いなさい」

「私の横で今、スピーカーフォンで聞きながらメモしてます」

「次からは、金を取るからな」

「いくらですか？」
「五百ウォン」
そう答えてウンイは電話を切る。その隣でスラは、スマホでメールの返事を書いている。ウンイが運転する車で安全に目的地へと運ばれながら。

ウンイとスラは車の中で時間を過ごすことが多い。講演やイベントが多いシーズンは特にそうだ。スラも運転できるが、イベントの前後は何かと慌ただしいので、ウンイに運転を任せている。ウンイはとても頼りになる運転手だ。車の中で二人は、ほとんど何も話さない。ウンイは、何時間も黙ったままでも気にならない相手だという理由で運転手に起用された。生まれる前から一緒だったウンイのそばでスラは、話すこと、聞くこと、書くことを止めて体を休める。

信号待ちの間、ウンイは車窓の外の景色を眺める。一階、また一階と積み上げられていくコンクリートの建物、セメントと水をくるくる混ぜながら走行するミキサー車、引越し荷物を上階に上げるはしご車〔高層マンションの多い韓国では、はしご車を使って窓から引っ越し荷物を搬入するのが一般的〕、遠くに見える工場の煙突から噴き出る白い煙。ウンイの頭にはスラに教えてやりたいことが次々と浮かぶ。あれはどんな技術なのか、作業員はどんなふうに働いているのか、日当はいくらなのか、どれだけ大変で危険な仕事なのか、どんな事故が起こり得るのか、あの現場にはどんな面白いことがあるのか……。ウンイがそれを一つひとつ説明するのを、しばらく黙って聞いていたスラが質問する。

「お父さんはいつそんなことを知ったの？」

ウンイは、大したことではないというように答える。

「生きていれば、自然にわかるようになるもんさ」

その言葉には苦労の連続だった労働の歴史が込められている。ウンイは自動車部品店の店員であり、水泳インストラクターであり、土木作業員であり、木工所の作業員であり、暖炉の施工作業員であり、産業潜水士であり、代理運転手であり、トラックの運転手だった。それらすべての技術を身につけると、たいていの現場で通用する人になった。そんな人になる前は文学青年だった。ボキもスラもウンイ自身も忘れているけれど。文芸創作科の学生として過ごした一学期と万能労働者としての三十年の間には、いったい何があったのだろう。

その間、ウンイは軍務に服していて、運転兵として四つ星の将校に仕えていた。星を四つつけた将校の移動に責任を負うためには、徹底的、かつ厳格に仕事をしなければならず、日程に支障が生じたり、将校の機嫌を損ねてはならない。将校は主に後部座席に座った。その車でウンイは、ルームミラーをわざと外したまま運転した。ルームミラーに映った将校の顔を見るのがあまりにも怖かったからだ。運転の邪魔になる緊張要素は一つでも減らしておくのが得策だった。その当時にウンイは、偉い人に仕える各種ノウハウを身につけた。

そして、そのころ、ウンイは最も大切な人と恋をした。それがまさにボキだ。ボキに出会ってスラが誕生し、スラが誕生すると彼は本格的な労働者になった。得意なこと、できないことを選り分けることなく何でもやっているうちに、いつのまにかできることがうんと増えていた。文学など眼中になくなって久しい。あらゆる職業を転々としたウンイは、今や出版社の従業員兼運転手として働いている。スラが聞く。

「将校よりは私のほうがましじゃない？」

ウンイはしばらく考えてから答える。

「必ずしもそうとは言えないな」

スラにも将校に劣らない独特の、クレイジーなところがあるからだ。ルームミラーに映った顔は怖くないが、スラはスラでかなり神経質だ。とは言え、四つ星の将校に仕えた経歴は、スラの運転手として働くのにあれこれ役に立っている。ウンイは、過去のすべての労働はこうやって帰結するのだなと思う。どうやら、娘に仕えるためにこれまであらゆる仕事を経験してきたようだ。

スラは車を降りるときにクレジットカードをウンイに渡していく。ウンイが運転兵だったころ、四つ星の将校は、これで飯でも食えと言っていつも一万ウォン札を一枚だけ置いて車を降りたが、帰ってくると必ずお釣りを確認した。お釣りをきっちり返さなければならないウンイは将校の顔色をうかがいながら、いつも安いメニューを選ぶしかなかった。食事を適当に済ませ、タイヤとボンネットを磨いて将校を待った。スラを待つ間は、そんなことはしなくてもいい。気楽にスラのカードでごはんやおやつを食べ、ガソリンを入れ、洗車をしてネットフリックスを観ながら待機する。将校に仕えていたウンイは今、長女に仕えていて、長女とタバコを吸いながら車を運転して退勤する。

ウンイがひょいと捨ててしまった文学をスラは力いっぱいつかんで離さずにいる。ひょっとするとスラに仕えることが、文学を間接的に愛する方法かもしれないとウンイは思う。

まめまめしくない愛

二十九歳のスラは、文章を書くことだけではなく家事にも誠実な作家として広く知られている。対外的にはそうだ。しかし、それは事実無根だ。スラは家のキッチンに立たなくなってかれこれ二年以上になる。一人暮らしをしていたときは掃除も洗濯も料理もてきぱきとこなし、古い借家をモデルハウスのように仕立てていたが、両親と一緒に暮らすようになってからはすべての家事労働を外注化している。

それを請け負っているのがボキとウンイだ。二人は出版社の雑務と家事を代行することで娘から毎月給料をもらっている。定期的な報酬は毎月末に支給され、不定期の賞与金として秋夕《チュソク》〔陰暦の八月十五日のこと〕ボーナス、旧正月ボーナス、クリスマスボーナス、地方出張ボーナスなどがある。娘が親を雇うのは特殊雇用関係に該当するため、制度上、四大保険〔雇用保険、労災保険、国民年金、健康保険〕の加入は不可能で、国民年金と健康保険の二大保険にのみ入っている。

彼らが一緒に暮らす出版社兼住居で、朝いちばん早く起きるのはウンイだ。ウンイは起きるとすぐに、愛猫の姉妹スキとナミにごはんをあげたあと、ボキのコーヒーとスラのお茶を用意する。次に家じゅうの床に掃除機をかけ、掃除機と渾然一体となってホコリやくずを除去して回る。そして庭でタバコを一本吸う。タバコを吸い終わると次は皿洗いだ。

ウンイが皿洗いを終えるころ、ボキとスラが部屋から出てくる。ボキは書店と取引先から届いた注文書を確認して事務処理をする。そうして、ウンイがきれいに掃除したキッチンで朝食を作りはじめる。その間、スラは何をしているのか。自分磨きの時間だ。ヨガとスクワットをしたあと、しばらく本を読む。この家で自分のためだけの朝を過ごすのはスラだけで、それは三人分の給料を稼ぎ、生計を担う者の特権というわけだ。本を読み終えるころ、テーブルにはボキが用意した朝ごはんがずらりと並べられ、三人は朝食を一緒に食べながら、週間スケジュールを共有する。たとえば今週は、講演三件、インタビュー二件、原稿の締め切り五件、重版一件の予定が入っている。スラは二人の従業員に指示を出す。

「午後に雑誌のインタビューが一つあります。リビングで行います。編集者一人とカメラマン二人が来るので、お茶とおやつを用意していただけるとありがたいです」

ボキが聞く。

「おやつはタラの芽のチヂミにしましょうか、油揚げ入りのトッポッキにしましょうか、それとも簡単に果物だけ用意しましょうか」

スラはほかのことで頭がいっぱいで、メニューを決めるのが面倒だ。

「ボキさんにお任せします」

すると今度はウンイの番だ。

「浴室の補修工事をするのに業者を決めないといけないんですが、どの業者がいいでしょうね」

それもまた面倒だ。

「私が口出しするほどのことではないですね。それぐらいは相見積りを取ってウンイさんが判断して、私のカードで決済してもらえると助かります」

それ以外にもスラが直接決めなければならないことは山のようにある。ウンイは税金の申告についてスラと相談したいことを列挙しはじめた。その間にも、テーブルに置かれたスラのスマホには次々と業務連絡が届いて振動しっぱなしだ。ときどき、スラは何も考えたくなくなる。そして、ウンイの言葉を遮る。

「税金については明日話しましょう」

食べ終えた食器をシンクの中の洗い桶にぽちゃんと落とし入れたあと、スラが新しい指示を出す。

「私はこれから一時間昼寝をします。インタビューの十五分前に起こしてください」

ボキとウンイは「はい」と答える。寝室へ向かう途中、猫のおしっこの臭いがかすかにスラの鼻をつく。

「スキとナミのトイレ掃除を忘れたようですね。もうすぐお客さんが来ますから、早急に処理をお願いします」

猫のトイレ掃除担当のウンイが答える。

「ごはんを食べたらすぐに片づけようと思ってたところです」

スラは形式的に礼を言う。

「いつもありがとうございます」

ウンイも形式的に応じる。

「こちらこそ、いつもありがとうございます」

台所に残されたボキとウンイがひそひそ話す。

「さっきまで寝てたくせに、また寝るなんて」

「まったくだ」

「何気に怠け者よね」

「原稿だっていつも遅れるしな」

「本のタイトルは『まめまめしい愛』だけど」

「自分の都合のいいときだけ、まめまめしいんだよ」

ボキはテーブルを片づけ、ウンイは猫のトイレのふたを開けてスキとナミのうんちを片づける。スキとナミはこの家でウンイがいちばん好きだ。ごはんをくれるし、うんちを片づけてくれるからだ。その次に好きなのはボキだ。ボキはたまにおやつをくれて、毛もとかしてくれる。それに比べてスラは、好きでも嫌いでもない存在だ。ごはんや水をくれるわけでも、うんちを片づけてくれるわけでもなく、これといってありがたいと思う理由はない。猫たちとスラはよそよそしい関係だ。


インタビューの十五分前、ボキがスラを起こす。

「社長、起きる時間ですよ」

おやつの準備はもうできている。スラはすぐに起きて顔を洗い、服を着替えて日焼け止めを塗る。十分で清潔感のある社会人の姿になった。しばらくして玄関のベルが鳴ると、親切で礼儀正しい作家としてお客さんを迎える。ボキが準備したお茶とおやつをリビングに運んだスラは、お客さんにボキとウンイを紹介した。

「私と一緒に出版社で働いているボキさんとウンイさんです」

客がうれしそうに挨拶をすると、二人も照れながら丁寧に挨拶をする。

「遠いところまで、ごくろうさまです」

ボキが言う。ウンイは黙って立っていたかと思うと、

「私は彼女の夫です」と言う。

すると、お客さんたちがキャハハと笑い、ウンイはその瞬間をちょっぴり楽しむ。リビングでインタビューが始まっても、ボキとウンイはキッチンでぐずぐずしている。そこで今すぐやるべきことはなく、寝室に入るタイミングを逃してしまっただけだ。編集者がスラに質問する。

「原稿を書いていて行き詰まると、掃除をしたり、机の周りを整理したりすると本で読みました。もともとそんなにまめなほうなのですか」

スラはしばらく悩んだ末に、子供のころからまめなほうだったと思うと答える。そして、十代のときに通った作文教室でも、いちばん上手いわけではなかったが、いちばん一生懸命書く生徒だったとつけ加えた。まったくの嘘ではないが、ちょっと盛り気味だ。ボキとウンイはキッチンで黙って聞いている。スラはそんな二人が気になってしかたない。真実を知る者の存在はやっかいなものだ。

編集者が次の質問に移る。

「昨年出版された『まめまめしい愛』を読んで、本当に感動しました。作文教室の子供たちや周りの人たちをどうしてそんなにまめまめしく愛せるのですか？　スラさんのそのまめまめしさの原動力は何だと思いますか？」

キッチンからウンイの咳払いが聞こえた。ボキはシンクの前で口を押さえて笑いをこらえている。スラはスマホを取り出し、業務連絡を確認するふりをして編集者に了解を求める。

「ちょっとお待ちいただけますか。一つ急ぎの返信をしてからお答えします」

スラは三人のトークルームに短くメッセージを送る。

「あっち行ってて」

メッセージを確認したボキとウンイは、そっと寝室に入った。彼らはインタビューが終わるまでずっと、ネットフリックスを楽しむ。


二時間後、撮影とインタビューを終えたスラが寝室のドアを叩いた。

「もう出てきてもいいですよ」

ウンイとボキはリビングに行ってテーブルの上を片づける。スラは無味乾燥な表情でひじ掛け椅子に座り、ぼんやりと窓の外を眺めながら、夜になったら取りかからなければならない二つの原稿のことを考えた。その二つの原稿を仕上げるには相当な集中力が必要だ。今、精いっぱい怠けておいてこそ、原稿を書くときにまめまめしくなれるというのがスラの考えだ。キッチンから聞こえてくる皿洗いの音を聞きながら、スラはじっとしている。できるだけ何もせず、ただじっとしている。ボキとウンイだけが家の中を歩き回りながらまめまめしい愛を実践している。

十分なデート

「ああ、若さが逃げていく」

週末の朝。スラが朝ごはんを食べる手を止めて独りごとを言う。目が虚ろで、ここ数日働きすぎてもうくたくたという顔だ。向かいで、髪の根元に白髪染めを塗ったままスープを飲んでいたボキが、何をくだらないことを言っているのかというようにいさめる。

「まだまだお若いですよ、社長」

五十四歳のボキは白髪を隠すため、半月に一度ヘナで染めている。スラと弟のチャンヒの二人を産んでからというもの、雨後の筍のように白髪がどんどん生えてくるようになった。まだ二十九歳のスラの髪の毛は黒くて艶があり、ふさふさしている。それなのに、何だか悔しいとばかりにブーたれる。

「仕事ばっかりしているうちに、若さが逃げていってるんだってば」

三人が座った食卓の横の壁面には、月間スケジュール表が二つ掛かっている。二か月分のスケジュール表はほぼいっぱいだ。原稿の締め切り、締め切り、締め切り、講演、イベント、ブックトーク、インタビュー、打ち合わせ、会議、ワークショップ、締め切り、締め切り、締め切り……。週末も例外ではない。スラはスケジュール表を見ながらため息をつく。

「もっと乱れた生き方をしたかったのに……」

そう言うスラの姿は誰が見ても家長ではない。彼女はたいていパジャマかトランクス姿で仕事をする。デートどころか、友達に会ったのもずいぶん前のことだ。ごはんを平らげたウンイが声をかけた。

「まだ間に合いますよ」

スラは黙って考えていたかと思うと、パッと顔を上げる。

「お父さんの言う通りよ。今からでも遅くない」

スラはものすごく久しぶりにデートアプリを立ち上げる。スラは一時デートアプリ中毒だったが、家長になってから自然にあまりやらなくなっていた。家長の毎日はとても忙しいからだ。しかし、忙しく過ごしつつも、スラはふと自分がまだ若いことに気づく。そのたびに、突然デートアプリに没頭しはじめる。ボキとウンイはそんなときのスラを「ハイシーズンのスラ」と呼ぶ。オフシーズンのスラが仕事だけに忙しいとすれば、ハイシーズンのスラは仕事とデートを両立するために二倍忙しくなり、睡眠時間を削ってデートをする。

アプリに接続してまもなく、スラは出かける準備をしに二階に上がった。スラの身じたくはとても早い。さっとシャワーを浴びたあと、ジーンズとＴシャツを着て日焼け止めクリームを塗れば完成だ。十分で準備を終えたスラがボキとウンイに通告する。

「デートに行ってきます」

ボキは心配だ。

「あとでオンライン会議と原稿の締め切りがありますが」

スラがスニーカーを履きながら答える。

「帰ってきてからやります。すぐに戻りますから」

ウンイが聞く。

「誰に会うのか聞いてもいいですか」

「私も初めて会う人なので、よくわかりません」

「何をしてる人ですか?」

「チームドクターです。サッカーチームで働いてる人。物書き以外ならいいんです」

「物書きはどうしてダメなんですか」

「気持ち悪いでしょう」

スラが玄関のドアを押して外に出る。外から車のエンジンをかける音が聞こえてきた。

半日が経ち、すぐ戻ってくると言っていたスラは、本当にすぐ戻ってきた。予測可能なデートだったという意味だ。クローゼットに入るスラの様子を見ただけで、ボキとウンイはその日の出会いの温度感を想像できる。「ただいま」と挨拶すると、すぐパジャマに着替えて仕事に取りかかるスラ。何事もなかったかのようにスタンディングデスクの前に立って集中し、てきぱきと処理していく。いつものようにオンライン会議をし、雑誌に寄稿する原稿を書いている間に日が暮れる。

締め切りが終わると、あっという間に夜も遅くなっていた。オフシーズンのスラなら、へとへとになっている時間だ。だが、ハイシーズンのスラは疲れを知らない。まだ満足できないからだ。締め切りが終わったとたん、再びデートアプリに没頭する。にやにやしながら、ときどき眉間にしわを寄せ、アプリの中の相手とチャットをする。そうして寝るのが遅くなるが、それでも翌朝早く起きてヨガをするから驚きだ。

ヨガのあと、朝の食卓についたスラの顔は昨日のように疲れ切って見えるものの、どことなく生気が感じられる。

「お昼にワークショップが一つ、夜に原稿の締め切りが一つありますが、その間にデートをしてきます」

ボキが首をかしげる。

「それは可能ですか？」

スラが答える。

「可能です」

「今日もチームドクターに会うんですか？」

ウンイの問いにスラが答える。

「いいえ、今日は人工知能科学者です」

ボキは驚きを隠せない。

「いったいそんな人たちと、いつどこで知り合うの？」

「アプリで、です」

「アプリにいい人がたくさんいるんだ」

「いません。ほとんど絶滅に近いです」

「なのに、どうやって見つけたわけ？」

スラはため息をつく。

「死ぬ気で探せば出てきます」

「そこまでがんばる必要はないんじゃない？」

「いいえ、努力しないと」

きっぱり答え、お茶碗とスープの器をシンクに持っていく。外出の準備はいつものように十分で済ませる。今日はワンピースにした。

「行ってきます」

夕食のメニューに悩んでいたボキが尋ねる。

「帰りは何時ごろになりますか」

スラが昨日と同じくスニーカーを履きながら答える。

「朝帰りの確率が高いです」

ウンイとボキが返事する。

「わかりました」

スラが車を運転して出かけると、玄関のドアの内側でボキとウンイがつぶやく。

「まさに『まめまめしい愛』だわね」

「本のタイトルにふさわしい人生だ」

二人は、スラが出かけた家に残ってそれぞれの仕事に取りかかった。

終業時間が近づいたころ、ウンイがわくわく顔で提案する。

「社長もいないし、今日は外で食べるとするか」

ボキも浮かれている。

「そうしようか？」

二人にとって外食はたまにしか巡ってこないイベントだ。家ごはんを好む社長のせいで外食の機会は少ない。社長もデートに出かけたことだし、ボキとウンイも久しぶりに外食を楽しむことにした。

スラは外泊中でも無事に締め切りを済ませ、予定通り翌日に帰ってきた。外泊のあとは妙に気分が落ち着いている。今のままで十分だ、俗世に未練なんてないというようにヨガをして本を読み、仕事に集中する。まっすぐな姿勢でスタンディングデスクの前に立ったスラの後ろ姿を見ながら、ボキとウンイはまたつぶやく。

「やっぱり成功した子は違う……」

そうして一日、また一日と静かに過ぎていく。

しかし、ハイシーズンのスラはまだ疲れを知らない。やはり今のままでは満足できないようだ。数日後、朝食の席でスラがまたその日のスケジュールを共有する。

「今日は締め切りが一つとブックトークが一つあります。この二つを無事に終えてから、デートをするつもりです」

ウンイがスケジュール表を見て心配する。

「ブックトークが終わるのは夜の九時ですが」

スラは問題ないというように答える。

「だから、夜に家に来てもらうつもりです」

ボキが心配そうに聞く。

「その人、安全なんでしょうか」

スラはため息をついて答える。

「ちょっと退屈なくらい安全です」

ボキとウンイは顔も知らないスラのデート相手を想像しながら、ちょっと緊張する。顔を合わせることを考えると気が重い。できる限り鉢合わせしたくないウンイが聞く。

「俺たち、どこかへ行ってましょうか」

スラは平然と答える。

「家にいて大丈夫ですよ。私は別に二人のことが恥ずかしくはありませんから」

「でも、あたしは恥ずかしいです。その人も恥ずかしいでしょうし」

ボキが困った顔で言うと、スラが提案する。

「だったら、一日ぐらい外泊したらどうですか？　私が宿泊費を出します」

ボキとウンイは、ここはスラの家だからそのほうが合理的だという判断を下す。ボキがやや興奮した口調でウンイに提案する。

「ねえ、安くていいからネットフリックスが観られるホテルにしよう」

ウンイが応じる。

「俺は孫の手と電気カーペットさえあればいい」

スラがクレジットカードを差し出す。

「いいところに泊まってください。明日の朝、おいしいものも食べて」

それぞれの一日が流れていく。スラは原稿を仕上げ、ブックトークを済ませると、デート相手を連れて家に向かう。その間にボキとウンイは仕事を終えて出かける。幸い、互いの動線は重ならない。ネットフリックスが観られる安ホテルに行く道すがら、ウンイがボキに聞く。

「今日は誰に会うって?」

「あたしも知らない」

「元気だな」

「若いからね」

日が暮れてまた昇り、ボキとウンイは慣れない場所で寝て起きる。朝食には豆もやしクッパを食べた。

家に帰ると、スラは床に大の字になって寝そべっていた。ヨガを終え、シャバーサナ〔仰向けで両手足を軽く開いて横たわるポーズ〕で休んでいるところだ。スラは微動だにせず両親を迎える。

「楽しかったですか」

「ええ。社長は？」

「悪くはなかったです」

答えるスラの顔はくたびれていた。やっと少し疲れて見える。ウンイが丁重に提案する。

「お望みでしたら、今度また連れてきてもいいですよ。俺たちも、たまには外で寝るのも悪くないし」

スラが横になったまま答える。

「昨日連れてきた人をまた連れてくることはないと思います。新しい相手が現れたら話します」

そう言うとスラは、ときめきではなく疲れを感じる。頭が少しずきずきするような気もする。すると、起き上がって背中ではなく頭を床につけ、ウサギのポーズで頭を転がしながらつぶやいた。

「若いってつらいな……可能性があまりにも多すぎて」

ボキが聞く。

「それは幸せなことよ。何がつらいわけ？」

頭を転がしていたスラが答える。

「全部試してみたいんだよ。若さを享受しなきゃ損でしょう？」

ボキは、全部は無理だと言いかけてやめる。スラもわかっているはずだ。ボキはただこうつぶやいた。

「人生に損なんてないわよ」

本当にそうだろうかと、スラは思う。

「どんな人にどれだけ会ったら、もうこれで十分だって心底思えるかな」

ボキは、それは永遠にあり得ないと言いかけてやめる。この先スラにはまだ、無数のデートが待っているはずだから。

ボキの言い間違い

あらゆる単語を少しずつ間違って言う人がいる。ボキはまさにそんな人だ。ボキが何かを言い間違えるたびに、スラはただちに訂正する。よそで同じ言い間違いをするのではないかと心配でしょうがないからだ。すると、ボキは不満そうにぼそっと言う。

「作家だからかしらね。神経質なのは」

しかし、ボキの言い間違いに気づくのは、スラが作家だからでも、神経質だからでもない。誰が聞いても明らかにおかしいと感じる間違いだからだ。ある日、シャワーを浴びて髪をジェルでセットしたウンイが、眼鏡をかけたまま現れた。老眼のために合わせたもので、夫の眼鏡姿を初めて見たボキが言った。

「あら、眼鏡をかけるとインテリアみたい！」

しばらく棒立ちになっていたウンイが突っ込む。

「インテリだろう」

すると、ボキは上目遣いになり、目をギョロギョロさせながら考え込む。

ボキは、特に固有名詞に弱い。取引先のソン・スンオンさんをソン・スンホンさんと呼んだり、スラの友達のセロムをチョロンと呼んだり、スクヒをスクチャと呼ぶ。

最近では、トランプ大統領ですら間違えた。

「昨日ニュースで見たんだけど、トランク大統領ってほんとイカれてるわよね」

あまりにも自然すぎて、ウンイもスラも聞き流してしまうところだった。ほんのわずかな違いではあるものの致命的なミスが、これでもかとくり返される。

「スラの友達のミランって、アマンダ・サイプラスに似てない？」

トランプをトランクと間違えるのだから、アマンダ・サイフリッドみたいな名前をボキがちゃんと言えるはずがない。

一方、名前ではなく人の顔に対する記憶力はずば抜けている。一度見た人の顔立ちは決して忘れない。実際に会った人だけでなく、映画の中の人物もだ。ボキはこれまでに実に多くの映画を観てきた。そのすべての映画のストーリーと俳優の顔を余すことなく覚えている。ただ、タイトルと名前を覚えていないだけだ。そういう人は必然的に、指示代名詞と人称代名詞を乱発することになる。

「ほらあれ、何だっけ？　昼間はバスの運転手だけど、夜は詩を書く人が出てくる映画があるじゃない」

スラは締め切りの迫った原稿を書きながら適当に答える。

「『パターソン』のこと？」

「あ、それそれ！　それに出てくる人の名前は何だったっけ。背が高くて、鼻が高くて、三枚目のようで二枚目みたいな人がいるじゃない。名前に『アダム』が入ってたような気がするんだけど……。何とかアダムだったか、そんな感じの。いや、違うかな。アダム何とかかかな」

「アダム・ドライバーだよ」

「そうだ、そうだ」

ボキは思い出してすっきりすると、両足を伸ばしてあっという間に眠りにつく。寝る前に突然、なぜそれが気になったのか。暇さえあれば映画の名場面が思い浮かぶのはなぜなのか。数年前には、『あなた、その川を渡らないで』を嗚咽しながら見たあとに電話してきてこう言った。

「今、『川を渡るな』を見たんだけど、あまりにも悲しくて」

とにかく、彼女の心の中は千編以上の映画であふれている。たとえ、それが標識のようなタイトルに歪曲されていても、美しい映画だったと記憶しているのだ。

ボキが言語を受け入れ、頭にインプットする方式がスラには興味深い。ある日、車でどこかに出かけている途中のこと、ボキがウンイに聞いた。

「メタノールとエタノールのうち、危険なのはどっちだっけ？　どっちかはものすごく致命的な毒があるって聞いたけど」

今度は、ウンイは黙っていた。ボキが自ら考えて答えを突き止めるのを待つためだ。言葉を習いはじめた子供に機会を与えるように。ボキは、ぼそぼそつぶやきはじめた。

「メタノール……エタノール……。どっちが危ないんだっけ？　メタノ……エタノ……。eは柔らかくて肯定的な発音だけど、mはちょっと語感が悪いみたい。『ミチンノム《変な奴め》』もmだよね。『ムォヤ?《なんだよ》』って怒るときもmだし……。そう言えば、英語の『mad《マッド》』も頭がおかしいって意味だ！　全世界的に『e』よりは『m』の語感がちょっとあれだね。やっぱりメ……メ……メタノールが致命的な毒物みたい！」

こんなふうに驚くべき方法で危険な単語を選り分けるのがボキだ。

彼女が感覚の世界に住んでいることは明らかだ。正確なスペルを覚えるのは二の次で、言葉が放つ大まかな雰囲気だけを感知する。スラは、「あくまでもそんな感じ」だけを生かして話しているうちに飛び出すボキの言い間違いには慣れたものだ。彼女の娘として生まれたスラの役割は何か。ボキが嗅いだ言葉の匂いを最大限推測し、彼女が本当に言いたいことは何なのかを突き止めて訂正することだ。

「スラ、あれは何だったっけ？　私が毎晩寝そべってやってるやつ。SNL〔アメリカのコメディー番組『サタデー・ナイト・ライブ』の韓国版〕？」

「SNSでしょ」

「あれはどこだったっけ？　化粧品をたくさん売ってるところ。ヤングイレブン？」

「オリーブヤングだよ」

「あの外国の食べ物の名前は何だっけ？　ハムをしょっぱくして薄く切ったやつ。ハモンハモン？」

「ハモンセラーノ〔生ハムの一種〕のこと？　ハモンは一度でいいってば」

「あの本のタイトルは何だっけ。あなたの好きな作家の朴婉緒《パクワンソ》が出てくるインタビュー集があるじゃない。『朴婉緒の言葉言葉言葉』だったかな」

「何で言葉を三回も言うかな。『朴婉緒の言葉』だよ」

「ああ、イチゴジャムが三角地帯にあって探すのに時間がかかっちゃった」

「三角地帯にあってじゃなくて、死角になってて！」

　ボキとの人生は、こんな会話を一日も欠かすことなく流れていく。ボキは間違っても気にしない。適当に言ってもきちんと聞き取ってくれる娘がいるからで、自分に寛大だからだ。そんな人は世の中と他人に関しても寛大なものだ。親切に訂正してあげるとボキは喜ぶ。

「娘が作家だから楽でいいね」

ボキの言い間違いを直すためにこれといって作家の知性は必要ではないが、スラは黙って聞いている。これからもボキが寛大で穏やかに人生を過ごすことを願いつつ。

いつの間にか町中に桜が咲く季節になった。舞い散る桜の花びらを眺めながら、ボキはウンイと腕を組んで言う。

「あなた、今まさにあれみたい。ほら、日本のアニメで桜の景色がすごくきれいなのがあるじゃない。時速……時速5センチメートル?」

ウンイはもはや驚くことなく答える。

「『秒速5センチメートル』だろう。」

ボキは吹き出す。「5センチメートルだけでも合ってるのがすごくない?」。そう言ってつばを飛ばして笑う。ウンイはボキと腕を組んだまま言う。

「大したつばの量だな。元気な証拠だ」

すると、ボキはもっとつばを飛ばしながら笑う。ボキは数え切れないほど間違えながら、美しい季節を通過している。

ボキは味噌《テンジャン》出張中

昼寝出版社のボーナスが支給されるのは旧正月や秋夕《チュソク》の連休、クリスマスだけではない。そのほかにもいくつか特殊なボーナスがあって、たとえば社内カップルであるボキとウンイの結婚記念日にもボーナスが与えられる。二人のけんかが絶えないときは、社長が合宿に行ってくるよう勧めて旅費を出すこともあり、すると二人はしっかり結束を固めて帰ってくる。合宿の期間は最大三泊四日までで、場所は国内および東南アジアに限られている。

しかし、昼寝出版社のボーナス制度で何よりも注目すべきは次の二つだ。

一、味噌《テンジャン》ボーナス

二、キムジャンボーナス

このうち、味噌《テンジャン》ボーナスについてまず説明しよう。

スラとボキの食生活は極めて味噌的だ。味噌がなければ二人は、何かが大きく欠けていると感じるだろう。味噌汁《テンジャンクク》か味噌《テンジャン》チゲをほぼ毎日作って食べているからだ。ボキは一生をそうやって生きてきて、彼女が作ったごはんを食べて育ったスラもボキと食習慣が似ている。一方、ウンイは味噌なしでも問題なく生きていける。しかし、家族の過半数が味噌を好むため、これといった不平も言わず、大人しく出されたものを食べている。家ごはん＝従業員の食事であるため、昼寝出版社の能率いかんはボキの台所仕事にかかっているというわけだ。

この家のパワーの源となっている味噌はどこから来るのか。

ボキの実家からだ。

ボキの母親の名前はジョンジャ、父親の名前はビョンチャンだ。七十代の老夫婦なので体のあちこちが痛むものの、まだ勤めにも出ていて畑仕事もしている。二人が住む田舎の家の庭には甕《かめ》がたくさんあって、そのうちのいくつかは味噌甕だ。

五十代半ばのボキはある日ふと、味噌の作り方を伝授してもらわねばと思い立った。これまでは両親が作った味噌をたっぷりもらって食べるだけだったが、永遠にそうすることはできない。両親は日ごとに年老いていき、味噌を作る体力も気力もますます衰えていくだろう。両親がまだ元気なうちに習っておいて、実家秘伝の味噌づくりをきちんと受け継ぐ必要がある。

ボキが味噌づくりを習いに行くために一泊二日の休暇を申請すると、スラはそれを出張と認めた。ボキが習って作った味噌を年じゅう自分たちが食べるのだから当然のことだ。昼寝出版社は、スラの筆力だけでなくボキの家事力で回っている組織だ。スラはボキの味噌研修を味噌《テンジャン》出張と命名し、出張手当を支給した。一回当たり二十万ウォンで、それがまさに味噌《テンジャン》ボーナスだ。

ボキは一年に三回、味噌《テンジャン》出張に行く。季節の移り変わり具合や大豆の収穫時期、天気によって出張日は毎年少しずつ変わるが、一次出張は十月中旬だ。ジョンジャとビョンチャンは、自ら育てた大豆を収穫してからボキを呼ぶ。

当日、両親は明け方から、前日水に浸けておいた豆を大きな釜でゆでていて、ボキがいくら朝早く起きて実家に向かっても、いつも両親より一歩遅れてしまう。釜の火と水を調節するのはビョンチャンの担当だ。焦げないように火加減に気をつけなければならず、もし、ゆで汁があふれそうになったら釜のふたに水をかけて温度を微調整する必要がある。その隣でジョンジャとボキは大きなたらいと布巾を用意して待ち、豆がゆで上がったら布巾に移してよく絞り、たらいに移す。

ボキの役割は、その上にタオルをのせて足で踏み潰すことだ。粒がなくなるまでしばらく踏み続けなければならない。ぐにょぐにょした豆のせいでボキは何度も重心を失う。ボキが倒れないようにジョンジャが横で体を支えるが、このとき母娘はくすぐったそうに笑い、お互いによろめきながら大笑いする。

次に、なめらかなペースト状になった大豆を味噌玉こうじの型に入れる。暖かい部屋にはわらが広く敷かれていて、ビョンチャンがあらかじめ作っておいた型に大豆のペーストを入れて直方体の形にし、型から抜いてわらの上に並べる。ボキはここまで一生懸命手伝って一次出張を終える。ボキが帰ると両親は、味噌玉こうじをひっくり返しながら乾燥させる。わらと味噌玉こうじの間に白いカビが生えてくれば、ひっくり返すタイミングだ。六面のうち四面に白カビが生えるまで部屋の中で保管し、一週間経ったら外に出す。わらで結んで日当たりの良いところに吊るし、乾燥させるのだ。そうして太陽と風に当てれば一か月ほどでカラッと乾く。

二次出張は旧正月のころだ。ジョンジャとビョンチャンに呼ばれていくと、よく乾いた味噌玉こうじがボキを待っている。二次出張では、味噌玉こうじを味噌としょうゆに熟成させるための下作業がメインの仕事だ。まず、大きな甕に塩水を入れる。適切な濃度の塩水を作ることが肝心で、ビョンチャンは、水二十リットル当たりに塩三升を入れる。適切な濃度かどうかを確認するには卵が必要だ。塩水にきれいに洗った殻つきの生卵を入れたとき、水面に浮かんでいる面積が百ウォン玉ほどならちょうどいい。適切な濃度に合わせた塩水に味噌玉こうじを一つずつきちんと入れる。その上に炭、乾燥唐辛子、ナツメ、炒りゴマをのせて甕のふたを閉めておく。

ボキが三次出張に行くのは二、三か月後だ。残すは最終作業のみ。その間に味噌玉こうじは甕の中で十分熟成されている。ふたを開けると黒くなった塩水が見える。味噌玉こうじの大豆タンパク質が塩水とともに発酵し、しょうゆと味噌ができている。ボキは両親と一緒に甕から沈殿物を取り出す。それが味噌だ。大きなたらいに味噌を入れて杵でつく。ボキが一生懸命ついているそばでジョンジャは、そこにシイタケの粉末と乾燥唐辛子の種を入れて味噌を完成させる。ビョンチャンは味噌を保管する甕を消毒する。わらを燃やして甕の中を燻煙《くんえん》しながら消毒し、よく消毒された甕いっぱいに味噌を入れる。すると、金の指輪みたいに大事な味噌甕の完成だ。

一方、さっきの甕には黒いしょうゆだけが残っている。炭や唐辛子などは全部取り出して、さらに半年ほど発酵させる。それがまさにこの家の伝統的なしょうゆで、ボキのほとんどの料理に使われる。

三回の出張を終えると、ボキは味噌を携えて帰ってくる。

玄関をくぐるボキの顔は疲れと充足感に満ちている。彼女の出張手当は極めて妥当なものになるだろう。スラは滞りなくボキの口座にボーナスを振り込み、昼寝出版社のキッチンには味噌がたっぷり保管された。スラはそうやって日々のさまざまな労働を家の大人たちに託して生きている。労働の対価はお金で支給するが、中にはお金を払ってもなかなか買えない労働もある。

スラは蟻のようにせっせと文章を書いてはいても、味噌の作り方は知らない。ボキは文章も書けなくはないけれど、どちらかを選ぶなら味噌を作るほうがましだと言うだろう。ボキの母親のジョンジャは味噌づくりの名人だが、読み書きができない。そうやってそれぞれ違うことが苦手な人同士が互いに頼りながら生きている。

ボキが死んだらどうしよう。それはスラの長年の悩みだ。ボキは永遠には生きられないのに、ボキが死んだら誰が味噌を作るのか。中年になったスラが前もって老年のボキから味噌づくりを学んでおくのか。それともスーパーで売っている味噌を買って食べながら、母と祖母を恋しく思うのだろうか。そうしているうちに胸が詰まって涙をぬぐうのだろうか。

考えてもわからないことだが、とにかくスラは今、水仕事一つすることなく作家としての仕事に集中している。

朗読会はキムジャンの最中に始まる

ボキは、大学に通えなかったことに未練はない。とっくの昔のことだからだ。国文科に合格した十八歳の自分と、学費を払ってやれなくて泣いていた貧しい両親。あのころから長い月日が流れた。ボキの人生は大学と関係のないことで満たされ、深まってきたし、今や孫ができてもおかしくない年だ。

しかし、まだ無念を抱えたままの人がいる。ボキの母・ジョンジャだ。合格しても大学に行かせてやれないほど貧しかったことを、今も申し訳なく思っている。一九四八年生まれのジョンジャは読み書きを学ぶことができなかった。これまでずっとそれが不便で恥ずかしくて、子供たちにだけは思う存分勉強させてやりたかった。そんなジョンジャの愚痴は、ボキが実家に立ち寄るたびに飽きもせずくり返される。

「大学に行ってたら、もっと人生が違ってただろうにぃ……悔しくてたまらないよぉ……」

それを聞いた五十代半ばのボキの口から空笑いが飛び出す。

「母さんったら、また始まった」

ボキの娘のスラも大学を卒業し、奨学金を完済してずいぶん経つというのに、ジョンジャの悲しみは昨日のことのように生々しいようだ。ボキはジョンジャの言葉を聞き流し、やるべきことに集中する。今日はキムジャン〔冬の間に食べるキムチを大量に漬けこむこと〕出張の日だ。

ボキの家族は、毎年初冬にこの重大な行事を行う。母・ジョンジャと父・ビョンチャン、そしてボキ、ヨンヒ、ユニの三姉妹が集まり、キムチを漬けるのに大忙しだ。庭には百二十株の白菜が積まれている。ジョンジャとビョンチャンが育てた白菜だ。三姉妹は水道のところにしゃがみこんで白菜の下ごしらえをする。洗って切ったあと、しっかり塩水に浸しておき、しんなりしたら葉の間にさらに粗塩をすり込まなければならない。白菜を漬けるのはなかなかの重労働だ。庭に吹く冬の風は冷たく、家族全員が起毛パンツをはいている。

一方、ジョンジャは白菜と一緒に漬け込む材料を準備している。白菜と和えるのは明日だが、野菜があまりにも多いので前日に下ごしらえしておく必要がある。大根、玉ねぎ、ワケギ、長ねぎ、セリ、からし菜などがジョンジャのまな板の上でざくざく切られていく。相当な量だ。その横でビョンチャンは、小麦粉を水で溶いて漬けダレに入れるのりを作っている。

作業は夕暮れどきになってようやく一段落した。ボキが先に台所に入って夕食を作る。ジョンジャの台所だが、ボキが来た日はジョンジャは料理を作らない。ボキは、ジョンジャが台所を信じて任せられる唯一の人だ。夕食の準備が整うまで、残りの家族はあと片づけをする。みんな鼻を赤くして家の中に入ってきた。オンドル〔床暖房〕のボイラーと台所の熱気で家の中は暖かい。五人は丸い座卓を囲んでごはんを食べる。

食べながらジョンジャが息子の話をする。ジョンジャの一人息子だ。息子は忙しいと言ってキムジャンに来なかった。忙しいのは娘たちも同じだけれど。話題は孫たちのことに移る。ジョンジャには孫が六人もいてスラが最年長だ。

「スラは最近どうしてるんだぁ？　元気なのかい？」

ジョンジャが聞くと、ボキが答える。

「ものすごく忙しいよ。バタバタしてる」

そう言いながらボキは、今朝もらったキムジャンボーナスのことを思い出す。忙しい中でもスラはボーナスを渡すことを忘れなかった。ジョンジャはスラのことを心配する。

「あたしたちの話を書いてお金を稼ぐだなんて、どれだけ大変なことだかねぇ。ほんとに大したもんだよぉ」

ジョンジャの話を聞いていたボキの頭に、ふと一冊の本が思い浮かぶ。そういえばスラが、お祖母さんにあげてと言ってかばんに入れてくれたのだった。中高年の労働と生涯を扱ったインタビュー集だ。その中にはジョンジャとビョンチャンの話も載っている。

去年の夏、スラからインタビューを頼まれたとき、ジョンジャは手を横に振りながらこう言った。

「あたしなんて、何も知らないバカだよぉ」

その言葉にスラは顔をぐしゃぐしゃにして笑い、長いインタビューを行った。七十年間、どんな仕事をして生きてきたのかを尋ねると、ジョンジャとビョンチャンの口からいろんなエピソードが川の流れのようにあふれ出た。スラの本はそれを熱心に聞き書きしたものだ。ボキはかばんから本を取り出してジョンジャに渡す。

「これがスラの本なのかい？　あいやぁ、立派だこと……」

ジョンジャは、ありがたいことだと言いながら、ぎこちなく本に触れ、まるで、本というものを初めて見るかのように慎重に手に取った。ボキはジョンジャが登場するページを探してやる。ジョンジャの写真が何枚か載っていた。ジョンジャは本に出てきた自分の姿が照れくさいながらもうれしい。写真と写真の間にはジョンジャに関するスラの文章がびっしりと書かれている。

ジョンジャはそれを読むことができない。彼女は孫娘が自分のことを何と書いたのか知る由がない。

ボキが勇気を出して聞く。

「母さん、読んであげようか」

ジョンジャが驚き、喜ぶ。

「ボキが読んでくれたら、あたしはとてもうれしいよぉ」

ボキが本を手に取る。家族は食卓についたままボキの朗読を聞く。スラが書いたジョンジャの話の冒頭はこうだ。


一九〇〇年代の初めから半ばに生まれた女の子には、「子」で終わる名前をつけるケースが多かった。享子《ヒャンジャ》、美子《ミジャ》、順子《スンジャ》、恵子《ヘジャ》、明子《ミョンジャ》、淑子《スクチャ》、喜子《ヒジャ》……。中でも特に強烈なのは祖母の名前「存子《ジョンジャ》」だ。存在の「存」と息子の「子」（「子」は特に男児を指す）。生まれてみたら男の子ではなかったので、そう名づけられたという。自分のことを思ってではなく、次は男の子をという希望が込められた名前で生涯を送ってきたジョンジャさんの数奇な運命に私はときどき思いを馳せる。当のジョンジャさんは笑いながらこう言う。「過ぎたことだよぉ。今さらそんなことを言ったってどうしようもない。目の前にやらなきゃならないことが山積みなんだからねぇ」

ボキが忠清道《チュンチョンド》の方言でジョンジャの真似をしながら読むと、皆大笑いする。ジョンジャも恥ずかしそうに笑う。ボキは食卓で朗読を続ける。ジョンジャの家、ジョンジャの畑、ジョンジャの食器の整理法がスラの視線で描写されている。自分を細かく観察して書かれた内容を聞いているうちに、ジョンジャの顔が喜びで熱くなる。次のページからは会話が続いていた。スラとジョンジャとビョンチャンのやりとりだ。ボキは一人三役をしながらその文章を読む。

スラ：二人は、十八歳か十九歳ぐらいでしたよね？

ビョンチャン：そうだな。先に、うちの家の事情が厳しいってことを正直に話しておかなきゃならんと思ってな。それでこう言ったんだ。「俺のところに嫁いだら、チョバプを食べることになります」って。

スラ：朝食《チョバプ》？

ジョンジャ：粟飯《チョバプ》のことだ。昔、貧しい人たちはそれを米の代わりに炊いて食べてたんだよ。

スラ：強烈なプロポーズだね。粟飯を食べることになるだなんて……。

ビョンチャン：祖母さんは何て答えたと思う？　その言葉をわしは今でもはっき

り覚えとる。
スラ：何て言ったの？
ビョンチャン：「米を食べていたって悲しいことはあるし、お粥を食べていたって楽しいことがある。お粥しか食べられなくても、笑いがあれば生きていける」ってな。十九歳のわしが、その言葉を聞いてどんなに心を打たれたか。
スラ：結婚してみてどうだった？
ジョンジャ：そうだねぇ、しないよりはよかったかなぁ……。

全員お腹を抱えて笑う。ボキは三人分の声帯模写を軽々とやってのけ、どれがスラのセリフで、どれがジョンジャとビョンチャンのセリフなのか、言わなくてもみんながわかるように読んだ。ヨンヒとユニはよく知っている両親のことが、今さらながらおかしくてたまらない。ジョンジャとビョンチャンはあの日の会話をぼんやりと回想しながら話の続きを待っている。自分たちの話なのに気になってしかたない。ボキはベテラン俳優のように朗読を続ける。人前でこんなに長い文章を読むのは高校のとき以来だ。みんなボキを見つめている。家の中に熱気が漂う。本の中でジョンジャは貧しさについて語っている。

ジョンジャ：大学に合格したボキに、入学金を明日までに収めなきゃならないんだって、頼み込まれてねぇ。お母さんが入学金さえ払ってくれれば、自分は絶対先生になるから、授業料はアルバイトをして何とかするから、入学金だけ出してくれないかって。先生になって恩返しするから、お母さんに楽させてあげるからって泣きながら訴えるんだよぉ、朝っぱらから。それを振り切って仕事に行ったんだけど、お金がないんだからどうしようもない。夜、仕事を終えて家に帰ったら、どれだけ泣いたのか、ボキの両目が開かなくなるほどむくんでてねぇ。どれだけ悔しかったか。あんなに勉強したのに、入学金を払えなくて学校に行けないなんて、どんなに悔しくて悲しかったことか。全部無駄になってしまったから、ボキは屋根裏部屋で泣いて、あたしは台所で泣いて。

ボキが朗読を止める。胸が詰まる思いだったからだ。今さら悔しいわけでもないが、あのころの自分たちがあらためて不憫に思えた。ボキが涙をぬぐうと、ジョンジャも涙をぬぐう。ヨンヒとユニの目頭も熱くなる。屋根裏でひとしきり泣くと下りてきて、経理職に就いた姉の姿が思い出される。

五十四歳のボキがのどを整え、朗読が続く。本の中でビョンチャンは、本棚が必要なボキのために段ボール箱を手に入れる。お金がないので段ボール箱ででも本棚を作ってやりたかったのだ。そのうち、ビョンチャンは段ボール箱泥棒にされてしまう。盗むつもりではなかったのに、誤解されて職場をクビになってしまった。段ボール箱が今よりも貴重だった時代の話だ。朗読を聞いていたヨンヒとユニがため息をつく。たかが段ボール箱のせいでそんなつらい目に遭わされた。本当に何もかもが不足していた時代だった。

話はいつのまにか、ビョンチャンが重い病気にかかったころのことに移る。二人とも、きつい仕事ばかりしていて病気がちだった。病気との闘いで、看病のせいで苦労した。特に、ビョンチャンの場合、回復は難しいだろうと医者から言われていた。ジョンジャは、希望があるのかどうかもわからない状態で三年以上、ビョンチャンを看病した。費用のかさむ入院生活をいつまで続けなければならないのかも、はっきりしなかった。本の中でジョンジャは、胸の中にしまっておいた秘密をビョンチャンに告白する。とてもつらかったと。苦しくて申し訳なくて、あなたが安楽死する想像をした。本当にごめんなさいと。ビョンチャンは本の中でその話にじっくり耳を傾ける。そして、ジョンジャに言う。わしを救ったのはお前だと。

ジョンジャが今、その箇所をしくしく泣きながら聞いている。隣にいるビョンチャンも黙って目元をぬぐう。朗読を続けるボキの声が震えていた。苦労話が続き、スラがインタビューを終えて書いたあとがきをボキが読む。

一つ苦労が終わればまた次の苦労が待っている人生だった。こんな大人になりたいと夢見る暇もなく、気がつけば大人になっていた。

つらくて厳しい生老病死《しょうろうびょうし》の中で出会ったあなたたち。私の母を生み育てたあなたたち。日が暮れると夕食の準備をし、子供たちに作り話を聞かせてやったあなたたち。ずっとお互いを生かし続けるあなたたち。言葉では言い尽くせない生命力が、二人から母を経て私のところに流れてきた。

よくわからないこの流れを私はただ、愛の無限リピートと呼びたい。彼らが私の守護神の一人だったのだと、やっとわかった。喜びのそばに潜む恐怖と絶望のそばに宿る希望の間で続く愛を、ジョンジャさんとビョンチャンさんを通して知った。★

ボキが本を閉じた。みんな知っている話なのに笑い、泣いた。この場に集まった五人は、その歳月をともにした人たちだった。

「スラが生まれる前のことなのに」

ユニが言い、ヨンヒがうなずいた。直接経験していない人が、その歳月について最も詳しく書いたということが不思議だった。ジョンジャは好きなドラマを観るように自分の話を聞いた。娘が読んで聞かせてくれたのは、娘の娘が書いた文章で、ジョンジャ一人で愚痴みたいに並べ立てた過去が、三代を経てスラの手によって蘇った。それはジョンジャの話であり、そうでもなかった。スラの記憶とボキ、ヨンヒ、ユニ、ビョンチャンの記憶が入り混じって編集されたものだった。ジョンジャは物語の主人公が何人もいることを知った。ジョンジャの人生の物語はジョンジャだけの話ではなかった。

自分について書かれた長い文章に耳を傾けていると、積年の心残りが少し他人事のように感じられた。スラの解説とともに、ある時間が美しく去っていった。物語になるということは遠ざかることだったんだな。ジョンジャは座ったままぼんやりと気づいた。そよ風みたいな解放感がジョンジャの胸にしみわたる。遠ざかってこそ得られる解放感だった。固定されていた記憶がそよそよ揺れた。

ボキの実家の居間に、ジョンジャに関するいくつもの真実が一つひとつ丁寧に積み重ねられていく。そうする間にも、庭では白菜が漬かっていた。

★イ・スラ インタビュー集『新しい気持ちで』（ヘオム出版社、二〇二一 未邦訳）の「私を生かすあなた」より引用。

「どうしてお尻がどんどん垂れて、四角くなるんだろう」

姿見の前でボキがぶつぶつ言う。鏡に映る自分の後ろ姿が気に入らないのだ。

「昔は丸くてぷりぷりしてたのに」

ボキはお尻をぎゅっとつかんだまま持ち上げる。そうすれば、一瞬ヒップアップしたように見えるが、手を離すとすぐ元に戻ってしまう。

そこにスラが通りかかった。

「ヒップアップするには運動しないと」

そう言うスラのお尻はとても弾力がある。どれだけ締まってるのか触ってみればとスラがお尻を突き出した。スラのお尻をぺちぺち叩いてみたボキは、驚くと同時にムッとする。

「ふん、どんな運動をすればいいのよ」

スラはすぐにスクワットとドンキーキック〔四つん這いになって片足ずつ後ろに蹴り上げることをくり返すトレーニングの一種〕をやってみせる。

「これをいつもやってる」

ボキは、それはちょっとなあ……とためらいながらつぶやく。

「大変そうだけど……」

「何の努力もしないで美しさが保てるわけないでしょ」

スラが小言を言うと、ボキが言い返す。

「何よ、偉そうに」

スラは開き直ってうなずく。

「そのとおりだよ。私は偉い」

そうして書斎に上がっていく。スラの背中に向かってボキが叫ぶ。

「あたしだって、あなたぐらいの年のころはローズ時代だったわよー」

スラが振り返りもせず訂正する。

「リーズ時代〔有名人の全盛期を指す言葉。プレミアリーグのリーズ・ユナイテッドFC時代のアラン・スミス選手の活躍ぶりに由来する〕でしょう……」

ボキは混乱した顔で考え込む。

「同じじゃないの」

「全然違うよ」

ボキは、ちょっとやそっとのことで拗ねたりしない。すぐ忘れるからだ。イライラすることも恥ずかしいことも、あっという間に忘れてしまう。特によく忘れるのは単語だ。

キッチンで小麦粉の生地を発酵させながら、こう言う。

「これは完全に天然ホモのパンだよ」

通りかかったスラが訂正する。

「天然酵母《ヒョモ》のパンでしょう……」

「似たようなもんじゃないの」

「全然違うよ」

とにかくボキは、特に気にすることもなくパンを完成させる。焼き上がったパンにイチジクジャムを塗るとおいしい。

「スラも食べる?」

勧めてみるが、スラはきっぱり断る。

「炭水化物を食べすぎると眠くなって仕事ができないから」

ボキが首を横に振る。

「ほんとにおいしいのに……まあ、食べずに損するのはあの子だけど」

そして、素手でパンをつかんで一口がぶっとかじった。もぐもぐ食べるボキの前にウンイが現れ、そわそわしながら注意する。

「お皿に載せて食べたらどうだ」

ボキが無邪気に聞き返す。

「何で？」

「パンくずが落ちるからだよ」

床掃除を担当する者の訴えだ。ウンイは、ゴミくずを見つけるたびにストレスを感じ、掃除機をかける。だが、ボキは、ゴミくずなどにストレスを受けたりしない人間だ。自由にパンをほおばりながら家じゅうを歩き回り、スラの書斎にも入っていく。

書斎でスラは忙しくキーボードを叩いていた。メールの返事を書いているようだ。ボキはのんきに書斎を見回す。

「作家だからか確かに……」

娘の本棚の前でつぶやく。

「本が多いわね……」

気まずい客人のように当たり前のことを言う。見慣れない本ばかりだからだ。すべて娘が買ったものだ。考えてみたら、スラには小学生のとき以来、本を買ってやっていない気がする。もっと幼いころはボキが本を読んであげたこともある。幼稚園児のスラに読んであげたのは『若草物語』だった。スラを寝かしつけようと開いた本なのに、朗読しながらやたらと泣けた。貧しいけれど愛にあふれた四姉妹の生涯が、他人事には思えなかったのだ。本を読み聞かせながらすすり泣く若いボキのそばで、幼いスラはすくすくと早熟な子供に成長していった。スラは大人も弱いのだということを早くから学び取った。

現在のスラは、これといった感情の起伏もなく文章を書いている。ボキは、若草物語の四姉妹の中でなら、スラは明らかにジョーに似ていると思う。スラもジョーのようにしっかり者で、どこか頑固だ。ボキはどうか？　自分ではメグとジョーとベスとエイミー、すべての特徴を持っているように思えた。ボキは娘の机に寄りかかって感傷にふける。そして、独りごとを言う。

「あたしって、外向的だけど内向的っていうか……そんなタイプだと思うな」

スラがノートパソコンから視線をそらさず、シニカルに聞く。

「そうじゃない人っている？」

スラのシニカルさを気にも留めず、ボキは言いたいことを思いきり吐き出す。

「人ともうまくつき合いながら一人だけの時間を楽しむ……そんなタイプの人っているじゃない」

スラはキーボードを叩きながらボキを評価する。

「私が思うに、お母さんはちょっとああいうタイプだね」

ボキが、何よ、気になるわねという顔で聞く。

「どんなタイプよ」

スラが答える。

「ちょっとうるさいタイプ」

ボキが顔をしかめながらパンを大きくかじった。

「何よ、偉そうに」

ボキはぶつぶつ言いながら下りていく。

ボキが出ていった書斎でスラは黙々と仕事をする。そして、ちょっと意地悪だったかなと思う。

急ぎの仕事を終えると、スラは両親の寝室へと下りていった。そして、ボキに提案する。

「新しいことを習ってみるのはどうかな？」

今さら何を学ぶのかと聞くボキに、学びは死ぬまで続くものだとスラが答える。ボキはまたぶつぶつ言う。

「ご立派だこと」

そう言いながらも、何を学ぶか積極的に悩みはじめたボキにスラが勧める。

「体を使うことを習ったらどう？　ダンスとか」

ボキがプッと吹き出す。踊っている自分を想像するとちょっと恥ずかしい、と同時に少し胸が高鳴る。

「そうね、あたしはゆっくりしたテンポのダンスが似合うタイプよ」

ボキの自己分析にスラが素直にうなずく。

「習いたいダンスが決まったら言って。私が申し込んであげる」

スラはそれを、昼寝出版社の従業員のための福利厚生費として計上する予定だ。


一週間後、ボキはフラ教室に通いはじめた。ハワイでフラダンスを習ってきた女性が教えているところだ。最初のレッスンに行ってきたボキが愚痴をこぼす。

「五十代は私しかいなかった。みんな若くてきれいな人ばっかり」

スラが締め切りの迫った原稿を書きながら答える。

「彼女たちだっていつかは老けるよ」

ボキは少し落ち込みながらも、今日習った動作を復習する。お尻を左右にぴくぴく振りながら、手を波のようにくねくね揺らす。

「先生が言うには、フラは自分の中にある海を呼び覚ますダンスなんだって」

締め切りまであまり時間のないスラがキーボードを叩きながら適当に答える。

「いいね」

スラの周りをボキがステップを踏みながら回る。切れのない下手っぴな動きだ。

「これも先生が言ってたことなんだけど……フラに間違いはない。すべての人にそれぞれのフラがあるんだって」

ボキはその言葉に感銘を受けたようだ。だからか、皿洗いをしていてもお尻をぴくぴくさせ、シャワーの最中も手をくねらせている。


ボキは毎週欠かさずフラ教室に行く。

フラのレッスンの日はいつもより早く退勤する。夕食を早めに準備し終えると、フラスカートをはいていそいそと着飾る。横になってテレビを観ていたウンイが何気なく声をかける。

「精が出るな」

ボキが頭に花を挿しながら答える。

「私ってそういうタイプでしょう？　一度始めたらとことんやるタイプ」

ウンイがボキを見つめた。頭にものすごく大きな花がついている。

「それをつけて行くのか」

ボキは気にしていない。

「みんなこうやって踊るのよ。先生の花はもっと大きいんだから」

ウンイは妻の格好がちょっと気にかかる。

「頭のおかしい女に見えるんじゃないか」

ボキが大声で笑う。頭のおかしい女に見えるのが、なぜかちょっぴり好きだからだ。ボキのお尻に力が入る。ボキはオーバーすぎるほど元気に家を出る。出がけに趣味生活を支援してくれる社長に挨拶をした。

「行ってきます、社長」

スラが振り返ると、頭に花をつけた母親がスカートをなびかせながら玄関を出ていった。どこか満開を迎えた人のようだった。

「ローズ時代だね」

スラがつぶやき、ボキの姿が遠ざかる。スラはボキの全盛期は今なのかもしれないと遅まきながら思う。

社長の社長

土曜日と日曜日は昼寝出版社の休業日だ。書店も週末は出版社との取引を休む。だからといって週末が暇なわけではない。スラには新聞のコラムの締め切りがあり、平日に書けなかった原稿がスラを待っている。一方、ウンイは朝から作業服に袖を通す。週末はダブルワーカーになるのだ。平日の仕事で出版社から給料をもらっているものの、それだけでは足りない。ウンイには返済しなければならない借金がある。世の中は、生まれつき貧乏な庶民は借金の返済に追われざるを得ない仕組みになっている。ウンイも融資を受けることがたびたびあり、三十代のときに借りたものを五十代の今もまだ返せずにいた。作家になって家勢を立て直したスラも自分の借金を返すのに忙しく、奨学金よりずっと多額の住宅ローンが残っている。スラは有能だが、家のすべての借金を清算できるほど金持ちではない。だから、ウンイはダブルワークに精を出す。

ウンイのもう一つの職業はトラックの仕事だ。一トントラックにあらゆる物を積んで全国を駆け巡る。彼がトラックに積んでいるのは何か？　イベント用品だ。ウンイはイベント用品のレンタル業者として働いていて、ウンイのトラックにはイベントで必要なほとんどの備品が積まれている。テント、テーブル、椅子、アンプ、運動会用品、発電機、温風機、コードリール……。イベントというのは、雑多なものを使って行われる。ウンイはそれらを配送し、設置し、運用して撤収するが、重い荷物が多くて何もかも一人でやり遂げることはできない。彼には助手が必要だ。堅実ですばしこくて力持ちの助手が。

最近、ウンイはチョルを雇った。チョルは二十二歳の坊主頭の男子で、がっしりとした体格をしている。彼は毎週末、ウンイの下で働き、日当をもらう。

チョルを初めて見た日、ウンイは思った。「いがをきれいに切りそろえた栗みたいだな」。無頓着かつアクティブにアウトドア活動をしてきた人のように真っ黒に日焼けしていて、肌がつやつやしていた。若さのつやだった。いかつくはなかったが、細マッチョで体のバランスがいい。そんな体を持っている人は、仕事中にけがをする確率が低い。経験が足りないのでしばらくはあたふたするだろうが、飲み込みが早ければすぐに一人前になるだろうと見込んでいた。ウンイはチョルを助手席に乗せて仕事を教えた。トラックの運転方法、備品の種類と用途、設置と撤収について叩き込んだ。最も重要なのは積み下ろしの要領だった。トラックの荷物を積み下ろしするとき、何に注意して配置すべきかを助手が理解しておく必要があった。

「荷物を取り出す順番を考えて、その逆順に載せるんだ。順番がぐちゃぐちゃになると頭が痛いからな。重いものは下に置いて、軽いものは上に置く。スペースが残らないようにきちんと埋めるんだぞ。テトリスだと思って」

ウンイはすべての過程を丁寧に筋道立てて説明する社長で、両腕に面白いタトゥーを入れたおじさんでもあった。チョルは自分より三十歳ほど年上の人から懸命に仕事を学んだ。


ウンイのトラックの助手席に座ってプライベートな話をするのがチョルの週末の日課だ。それほど長くない人生の間にチョルは、「将来何をして生きていくのか」という質問を何度も受けた。そんな質問にすぐ答えられる同年代の子たちが、チョルにはいつも不思議だった。いつの間にか、進路という言葉を聞くとぼんやりと雲を眺めるようになった。何になりたいのか、どう生きたいのか、誰に似たいのか、こんなに早くどうやって決めろというのか。チョルが好きなのは沈着マン〔ウェブ漫画家イ・マルニョンの別名。カード集めのオンラインゲームにはまっていたとき、「より冷静な者が勝利する」という願いを込めてつけられた〕のユーチューブとゴマラーメン、嫌いなのは曇った天気とスマホの緊急災害速報だった。緊急災害速報のメッセージはあまりにも頻繁に来るせいで、何が本当に緊急なのかわからなくなる。

チョルはとりあえず、今週したいこととしなければならないことぐらいは考えながら生きてきた。ウンイは将来の計画について特に聞かない珍しい大人だった。将来が五里霧中なのはウンイも同じで、ただ、過去に身につけた技術を生かして今日の労働をするだけだった。ウンイには雑多な技術があった。職業として掲げるのはちょっとあれだが、どの職場に投入されてもスマートに、臨機応変に対応できる能力の持ち主だった。

「こんなの、いつ習ったんですか」

電気ストーブを手ぎわよく修理するウンイを見て、チョルが聞いた。

「ああ、何となくな」

多くの労働現場を転々としていると、自然と身につく知識がある。ウンイはその中から簡単で有用なものをチョルに伝授した。チョルにとってウンイは気楽な存在だった。仕事はきついけれど、日当は最低賃金に比べて結構高いし、必ず当日支給されるという点もよかった。

彼らは週末ごとに昼寝出版社の庭で会って、別れる。ウンイのトラックの駐車場だ。荷物の積み下ろしをざっと終えると、ボキが玄関のドアを開けて叫ぶ。夕食を食べて行けと言うのだ。チョルはこの時間が好きだ。ボキの作ったごはんはおいしい。もし、ボキの食堂が近所にあれば、二日に一回はそこに行って食べただろう。昼寝出版社の中はおいしそうなにおいが充満していて、チョルは舌なめずりをしながら手を洗う。一日中荷物を運んだのでほこりまみれだ。ボキが書斎に向かって叫ぶ。すると、スラがやや疲れた顔で階段を下りてきた。眼鏡をかけて薄手のガウンを羽織っている。部屋着姿のスラと作業着姿のチョルがテーブルで向かい合う。その横にウンイとボキもスプーンと箸を持ってきて座り、四人は食事を始めた。

ボキがチゲをひとさじすくってそっとスラに聞く。

「まだ書けてないんですか」

スラはため息をつく。

「ええ……」

ひとことの返事から深い憂いが感じられる。チョルはスラに数回しか会ったことがないが、今日がいちばん疲れて見えるのは確かだ。初めて昼寝出版社に来たとき、ボキとウンイがスラに敬語を使っていて驚いた。ウンイは、スラが自分たちの社長だと紹介した。チョルの社長はウンイだから、スラは社長の社長なわけだ。チョルはまだ、スラを何と呼ぶか決められずにいる。七歳ほど年上だが、スラ姉さんと呼ぶべきか、社長と呼ぶべきか迷ってしまう。社長と呼べば、ウンイとスラが同時に振り返るかもしれない。ウンイのことを大きい社長と呼んで、スラのことを小さい社長と呼ぼうか。だけど、スラのほうが偉いのならスラを大きい社長と呼ぶのが正しいのではないか。そんなことを考えるチョルの隣で、ウンイが海苔にごはんを包んで食べながら聞く。

「疲れてるなら、少し寝てから書いたらどうですか」

スラが暗い顔で答える。

「締め切りまで時間がないんです……」

チョルがスープをごくりと飲み干す。彼はウェブ漫画家の締め切りについてはだいたい知っている。作家の締め切りについてはよく知らないが、大変なのはおそらく同じだろう。チョルが呼び名を省略して質問する。

「何を書くか思いつかなかったら、どうするんですか」

スラがごはんをつつきながら答える。

「いつもだいたい思いつかない……」

何も言えなくなったチョルは、虚しく慰める。

「それはつらいな……とっても……」

スラは虚空を見つめながらつぶやく。

「どんな仕事もつらいのは同じだけどね……」

そうしてチョルのほうを向き、チョルの坊主頭と完璧な頭の形を見つめながらスラが言う。

「それでも自分のやりたいことでつらいんなら、マシだよね」

チョルはごはんをしっかり噛みしめながら考え込む。

食事を終えたチョルは、空いた食器をキッチンに運ぶ。シンクに入れておけとウンイが言う。その横でボキも言葉を重ねる。

「アップルパイを焼いてるから、デザートに食べていって」

どこからか甘いリンゴの香りとシナモンの香りが漂ってきた。


アップルパイを待ちながらチョルは、昼寝出版社の中をうろうろした。出版社のリビングにはスラの名前で出された本が何冊も並んでいる。どれも初めて見る本だ。彼の人生は本とは特に関係なく過ぎてきた。最後に読んだ本は何だったろう。『リトル・トリー』だったか、それとも『九雲夢《クウンモン》』だったか。どちらも高校の必読書だった。大学に進学しなかったので、読書はもはや必需品でなくなった。軍隊ではあまりにも退屈だったから、兵舎の図書館の中にあった村上春樹の小説を開いてみたが、どこか哀れっぽさを感じた記憶がある。唯一、村上春樹が走ることについて書いたエッセイ集だけは面白かった。だけど、チョルなら、走ることについて書く時間があれば川辺を一周でも多く走ることを選ぶだろう。定期的に走りにいかなければむずむずするほど彼の体は若い。毎食ごはんを二杯食べても消化に何ら支障はなく、枕に頭をのせるとすぐに寝入ってしまう。水曜日と金曜日にはチョルが好きなウェブ漫画がアップロードされるが、それを見るのが読書の時間のすべてだ。

出版社のリビングの片方の壁には月間スケジュール表が掛かっている。それはホワイトボード式のカレンダーで、スラとボキとウンイの一か月間のスケジュールがぎっしり書き込まれている。最も過密なのはスラのスケジュールだ。講演やブックトーク、原稿の締め切りなどで休みはほとんどない。

「スラ社長はいつ遊ぶんですか」

チョルが聞くと、ボキがデザートを用意しながら答える。

「まったくよね」

チョルが二階の書斎を見上げる。スラはごはんを食べ終わるとすぐに、仕事をしに書斎に入った。

「チョルはふだん何をしているの」

ボキの質問にチョルが答える。

「季節によって違うんだけど……」

「どう違うの？」

「夏は水辺の監視員をしています」

「プールで？」

「海や川にも行きます」

「そっかー、ライフガイの資格を持ってるのね」

横で聞いていたウンイが訂正する。

「ライフセーバーだろう」

ボキは何食わぬ顔で受け流す。

「あー、それそれ」

チョルが笑いをこらえて補足する。

「水難救助員の資格です。高校卒業後に取ったんですよ」

「ほかの季節は何をしてるの？」

「秋と冬は山で働いてます」

「山で？」

「はい。山火事監視員と言って……地方にある山をパトロールして、山火事を防ぐ仕事があるんです」

ウンイはその職業について聞いたことがある。

「国から雇われる、あれだな」

「はい」

ボキは、そういえば最近、山火事関連のニュースをよく目にするようになったと思う。

「去年も大きな山火事があったわよね。高城《コソン》とか安東《アンドン》とか……」

「そうなんです。気候変動のせいで」

ボキがやれやれという顔でつぶやく。

「大変だ……」

ウンイはのんきなことを口にする。

「それにしても、ずいぶん仕事熱心だな」

チョルが笑う。


ボキがオーブンからアップルパイを取り出した。とてもおいしそうだ。ボキのナイフさばきでパイはあっという間に四等分され、焼きたてだから中は熱々だ。大きめの一切れがチョルに渡された。チョルはボキにお礼を言い、フーフー冷ましながらパイを食べる。ボキとウンイも一切れずつ食べた。チョルが書斎を見上げる。

「僕が持って行きましょうか」

ボキは、「そうしてくれる？」と言って残りの一切れを皿に盛った。チョルは自分の皿とスラの皿を持って階段を上がる。

書斎に近づくと、松の木の香りがした。その間から淡いタバコの匂いもする。コンコンとドアをノックすると、中からスラが答えた。

「どうぞ」

チョルがドアを開ける。高い机が見えた。スラは立ったまま文章を書いていて、首と背中と腰が一直線に伸びている。やや神経が逆立っているみたいだ。

「社長、これ食べてください」

チョルは丁寧に皿を差し出した。スラが激しくキーボードを叩きながら答える。

「ありがとう。でも、私はあなたの社長じゃないよ」

タイピングの手つきは速く、とても激しい。チョルは、スラの顔色をうかがいながら机の上に皿を置く。スラが振り返った。

「あなた、何チョルなの」

「ハン・チョルです」

「いや、苗字じゃなくて名前の漢字」

「あ……、『哲《さと》い』のチョルです」

「哲学《チョルハク》の哲《チョル》？」

「はい」

「気軽に話して構わないよ」

しかし、チョルはまだスラが苦手だ。

「敬語のほうが楽なんです」

チョルが書斎を見回す。照度が低くて本が多い部屋だ。隅っこには漫画本も多く、チョルが子供のころに好きだった作品もある。スラがキーボードを打つ手を止めずに言う。

「どれでも好きに読んでいいよ」

チョルは漫画本を見はじめた。残ったパイをもぐもぐ食べながら、漫画の世界に没頭する。

その間にスラは、新聞のコラムの最後の段落を修正する。あともう少しだ。修正しながらスラは、原稿というのはおおむね四つに分類できるだろうと考える。


其の一、締め切りを守り、なおかつよく書けている原稿。

其の二、締め切りには遅れたが、よく書けている原稿。

其の三、締め切りは守ったが、イマイチな原稿。

其の四、締め切りに遅れたうえに、イマイチな原稿。

単行本の場合、制作の進行スケジュールは比較的余裕をもって組まれている。少々締め切りに遅れても、原稿が良ければ、編集部から許されることもある。しかし、新聞の世界は決してそうはいかない。日刊紙の原稿の締め切りを守らない作家は大罪人になる。締め切りを数時間遅らせることも難しく、穴を空けるなんてもってのほかだ。

多くの作家がそうであるように、スラも締め切りを前に血の気が引く思いだ。つねに其の一をめざして書くが、時間と体力が足りないときでも、何とか其の三は達成しなければならない。原稿の完璧さを期すあまり、万が一締め切りに遅れでもしたら大変なことになる。締め切りが一分後に迫ると、スラの緊張は極限に達し、タバコを吸いながら素早く全体を推敲する。そのとき、スラの眉間には深いしわが寄る。タバコの煙を吐き出す呼吸も荒い。漫画を読んでいたチョルが若干緊張してスラのほうを振り返った。とても話しかけられない雰囲気だ。下手に話しかけたら大変なことになりそうなオーラが漂っている。彼は黙って漫画の続きを読む。

ついに送信ボタンを押したスラが叫んだ。

「終わったぜ、くそったれ！」

チョルがびっくり仰天する。

「おつかれさまでした……」

スラはやっとアップルパイを口に入れた。

「はあ……、超ウマい」

アップルパイを味わうほどにスラの顔は明るくなる。表情がだんだん柔らかくなり、やがて穏やかな人の姿になる。

「何を読んでたの？」

優しくスラが聞く。さっきとあまりにも様子が違っていて、チョルは戸惑う。

「『鋼の錬金術師』です……」

ちょっと二重人格者っぽいなと思いながら、チョルは答えた。

「あれは本当に名作だよね」

スラはマドレナリンに酔ったまま、『鋼の錬金術師』についての考えを早口でまくし立てた。

「善悪を明確に分けないでしょう？　そこがすごくいいんだよね。等価交換という概念も過酷でかっこいいし。錬金術をいくら磨いたところで、身体を作るのは容易じゃない。何をやっても代価が伴うなんて尋常じゃないよ。実は、作家業もそうなんだ。

代償なくしては、どんな物語も完成させられないから……」

チョルはぽかんとして聞いている。実際、そこまで多くのことを考えながら漫画を読んではいない。スラが快く言う。

「借りていってもいいよ」

「ありがとうございます」

チョルは本棚から一冊ずつ漫画を取り出した。スラは肩を揺らしてリズムを取り、残りのアップルパイを平らげる。それは何の煩悩もない者のダンスだ。

「それじゃあ、僕はこれで」

スラは興に乗って踊りながら、またねと挨拶をする。チョルは、作家というのは精神に害を来たす職業かもしれないと思いながら、スラの書斎をあとにした。

ある週末の朝、ユーチューブのアルゴリズムがボキにすすめた動画のタイトルはこれだった。

「中年女性がダイエットに失敗する理由」

サムネイルを確認したボキは、不吉な予感と慰められたい気持ちを同時に抱きながらクリックする。動画の中の医師がいかにも深刻そうに説明するところによると、それはエストロゲンのせいだった。エストロゲンの分泌量が低下するにつれ、中年女性の体は脂肪を燃やす力と筋肉を作る力を徐々に失っていくというのだ。ボキは悲しくなり、スマホを布団の上に力なく落とした。

「若いころは、あたしの体にもエストロゲンがあふれてたんだけどな……」

ちょうど隣を通りかかったスラが口を挟む。

「今の私がまさにそうだね」

二十九歳のスラは朝から髪をぎゅっと結び、トレーニングウェアを着ている。その姿を見ているだけでもボキは疲れを感じる。

「何よ、偉そうに」

ボキは娘に嫌味を言ったあと、布団の中からよろよろ這い出す。娘は背中をまっすぐ伸ばして小言を言いはじめた。

「お母さん、今からでも毎日筋トレしないと」

「わかったわよ」

「もう遅いけど、もっと手遅れになるよりましだよ」

「わかったってば」

「筋肉があってこそ、新陳代謝が活発になって基礎代謝量が高くなるんだから。私も前はブヨブヨしてたけど、腕立て伏せを毎日続けたら引き締まってきた。ほら見て」

スラが突然、背中と胸と腕の筋肉を自慢する。よく鍛えられた体ではあるが、ボキの目には軟弱に映る。

「だけど、絶対あたしには勝てない」

「何が？」

「あたしに力で勝てると思う？」

ボキの挑発にスラが発憤する。

「勝負してやろうじゃないの」

「何をやろうっていうのよ。どうせ負けるくせに」

「やってみなきゃわからないでしょ」

勝負欲を刺激されたスラは、引き下がる気はない。スラは種目を提案する。

「腕相撲にしよう」

「朝から力を使うのは気が進まないけど……」

ボキは面倒くさそうなふりをしながらも右腕の袖をまくり上げる。スラも右腕の袖をまくり上げた。

二人はテーブルをはさんで向かい合った。肘をついて、互いの手を握りしめる。

「あなた！　審判をお願い」

ボキの呼びかけに、掃除機をかけていたウンイが現れる。両腕に掃除道具のタトゥーを刻んだ男は、二人の女の手を公平に包む。両者の熱気は半端ない。

「さあ、落ち着いて……。いち、に、さんで始めますよ……。いち、に、さん！」

ボキは三秒でスラの腕を倒した。

「お母さん、フライングしたでしょ！」

悔しがるスラに、ボキは余裕で応じる。

「もう一回やればいいんでしょ」

ウンイは再び審判になる。

「いち、に、さん！」

今度はボキが二秒でスラの腕を倒した。

ウンイがボキの腕を高く持ち上げる。

「ボキの圧勝！」

そうして、ウンイは掃除機をかけに戻っていく。

スラと二人になったところで、ボキが得意そうに言う。

「あたしには勝てないって言ったでしょ」

スラは、顔を真っ赤にして黙っている。真剣に勝負したのに負けたからだ。ボキは調子に乗ってひとこと言い足した。

「毎日運動したって無駄ね」

スラの鼻の穴がひくひくする。スラは家長としてのプライドを傷つけられた。

「まあ、文章ばかり書いてて、力があるわけないか」

ボキはニコニコ顔でキッチンに向かった。スラも黙って席を立つ。

スラは心を落ち着かせるためにヨガを始めた。深呼吸をして体をあちこちほぐしてみるが、なかなか興奮が収まらない。牛の顔のポーズをして、猫のポーズをして、コブラのポーズをしても落ち着くどころか、ますます怒りはヒートアップし、ダウンドッグ〔両手両足を床につけてお尻を上げ、体全体で三角形を作るポーズ〕をして世界を逆さまに見ながら怒りのため息をつく。

太陽が中天に昇ると、ウンイとチョルが庭で荷物を積みはじめた。スラは書斎の窓からぼんやりと彼らを見下ろし、腕組みをしたまま一つの考えに没頭している。

（お母さんは運動もしないのに、どうして力が強いんだろう）

男たちはトラックの周りを忙しく動き回っている。チョルが重い荷物を軽々と持ち上げ、ありとあらゆる雑多なものが荷台に運ばれる。チョルの両腕に浮き出た前腕筋をぼんやりと見ていたスラが慌てて庭に駆け下りた。

「ちょっと、チョル！」

差し迫った声で突然呼びかけられたチョルは驚く。

「え？」

スラはすかさず本題に入る。

「腕相撲は得意？」

チョルは額の汗をふきながら聞き返す。

「腕相撲ですか？」

「強いかどうかって聞いてるの」

チョルは余計な自慢もしないが、余計な謙遜もしないほうだ。

「強いほうですよ」

スラが意を決して頼む。

「ソッコーで教えて。勝ちたい人がいるんだ」

子供のころ、ボキは跳び箱が上手だった。スラが小学生のときは、学校の校庭で保護者の駆けっこ大会が開かれると、ハイヒールを履いていても一等になる人だった。ジーンズにピタTを着て全力疾走していた三十代のボキの姿が、スラの脳裏に鮮明に焼きついている。もはや、ボキの体は以前とは違うけれど、瞬間的に爆発する負けん気は健在だ。

スラは好戦的なほうではないが、コツコツと運動をしてきたのでボキを倒す自信があった。精神的にも肉体的にも、今が全盛期だと考えていたからだ。虚しくなるほどあっけなく敗北したスラは、自分が何かを見落としていることに気づいた。たとえば、腕相撲における重要なコツとか。

「お母さんは私より手足が短いし、体幹を鍛えなくなってずいぶんになる。私が技術を磨けば、勝てる可能性はあるはずよ」

スラの野望に満ちた計画を聞きながら、チョルが軍手をはずす。チョルは、軍手を後ろのポケットに突っ込んでから話しはじめた。

「腕相撲は力がすべてじゃないんです」

「だよね？」

「でも……」

チョルは庭から台所を見上げる。ボキが鼻歌を歌いながらテーブルを拭いている。

「ボキさんは、単に力が強いだけなんでしょうか」

チョルの質問にスラは少し考えてから答える。

「お母さんは戦略的とは言えない。単に力で押しまくるタイプだから。そもそも、そんなにあれこれ考える人じゃないし」

何も聞こえないボキは、機嫌よさそうにテーブルを拭いている。チョルは自信なさげに手を差し出した。

「とりあえず、手を握ってみてください」

チョルは庭のテーブルに肘をついて体勢を整える。スラは全神経を集中してチョルと手のひらを合わせた。そうやって握るだけでチョルの気迫が感じられる。

「実はここで勝負が決まると思ってください。しっかり握ると何か伝わってくるでしょう?」

「ほんとだ。お母さんの手を握ったときも、何かしっかり絡めとられた感じがした」

「握力が強いんですね」

「手が小さいのはお母さんも同じなのに」

「その代わり、スラさんより厚みがあるんじゃないですか」

「それはそうだな……」

スラはあらためて自分の手を見つめる。指は細く、手のひらは小さい。この手でやっていることと言えば、キーボードを叩くことぐらいだ。スラが戦意を失いそうになると、チョルが士気を高める。

「勝てる可能性がまったくないわけじゃありません。何て言うか、力を効果的に？　戦略的に？　使えばいいんです。コツを教えますよ」

そうしてチョルの腕相撲速成講座が始まった。

一、手首を返さないこと

「ボキさんはスラさんよりリーチが短いから、きっとフックで来るはずです。そのとき、スラさんはトップロールで行ったほうが有利です。手首を少し外側に回しながら、体重を全部かけるんです。向きを変えろということであって、手首を返せという意味ではありません。それには親指が大事で、親指をスラさんの体のほうに向けるようにしてから、ボキさんの親指の上に体重をかけるんです。そうすると、グリップが安定して手首が曲がりません。力の弱い人でもトップロールのテクニックをうまく使えば勝てるんです」

二、体重をかけること

「腕とお腹が離れてはいけません。テーブルにお腹がぴったりとくっついてはじめて、力をうまく使うことができます。ただ倒すことだけを考えてはダメで、ボキさんの腕にぶら下がるつもりで体重をかけるんです。筋トレしたこと、ありますよね？　筋トレのときと同じように、起立筋を固定させて腹筋に力を入れてからぶら下がってください。そのとき、腕を胸のほうに引き寄せる必要があります。スラさんの腕の角度は狭く、相手の腕の角度は広くするのがポイントです」

三、足をしっかり固定すること

「腕と同じくらい足も重要です。右腕で戦うなら、右足をしっかり床につけて踏ん張ること。腕相撲は思った以上に全身を使う戦いです。直接的には腕の力を使うけど、足で安定的に支えられているからこそ長く持ちこたえられるんです」

チョルはスラに実技指導をする。何度か練習するうちに、スラはみるみる上達していった。最初よりも力が強くなったのを感じたスラの顔が明るくなる。スラは初めてチョルが賢く見えた。

「こんなテクニックをいつ身につけたの？」

チョルはウンイの真似をして答える。

「何となく……自然に身についたんです」

チョルは高校時代の教室を思い出す。休み時間になると男子生徒たちと腕相撲に命を懸けた日々がチョルにもあった。特に戻りたい時代ではない。

「とにかく頑張れば勝てるかもしれませんよ、スラさん」

「強くなりたい！」

スラが少年漫画みたいなセリフを口にする。実はスラは、子供のころに少年漫画をたくさん読んでいた。娘より息子の多い家系だったからだ。しかし、今のスラの敵は息子たちではない。彼女は自分を産んだ女との再対決を目前に控えている。


昼寝出版社の玄関が開かれた。右腕の筋肉がパワーアップしたのを感じたスラが挑戦状をつきつける。

「もう一回やろう」

キッチンにいたボキが笑う。

「また？」

「もう一回だけやろうってば」

「もう一回やったら勝てると思ってるわけ？」

そう言ってボキは右腕の袖をまくり上げる。スラも袖をまくり上げる。二人の女がテーブルを挟んで向かい合うと、ウンイとチョルが見物にやってきた。

「うまく教えたか」

ウンイが聞くと、チョルは謙虚に答える。

「できる限り教えはしたけど……」

「誰が勝つと思う?」

チョルがボキとスラを交互に見て、ささやく。

「始まってもいないのに、結果が見える気がします」

「同感だ」

スラは敗北が予想されているのも知らず、全神経を集中してボキの手を握った。チョルの教え一、二、三を素早く頭の中で復唱し、ボキをギャフンと言わす準備をしている。一方のボキは余裕たっぷりだ。

「あたしは手首を握ろうか?」

それはスラのプライドが許さない。

「結構よ」

ウンイが審判をする。

「さあ、慌てないで……。いち、に、さん!」

ぐっ！　とスラが力を入れる。三秒過ぎたが、スラはまだ倒されていない。ボキが息を吐きながら言う。

「ちょっとは上達したじゃないの」

スラは両目をぎゅっと閉じて必死に答える。

「エストロゲンの分泌が……旺盛だから……」

ボキが「ああ、そうですか」と本気で力を入れる。スラの腕があっさり倒れた。

スラは十秒で負けた。

ボキが慰めるように言う。

「ずいぶん頑張ったみたいね」

スラは、はあはあ言いながらタバコを探しに行く。ドタバタと書斎に上がり、すぱすぱとタバコを吸った。普段使わない筋肉を使ったせいか、タバコを持つ右手が震えている。そこにウンイが近づいてきた。ウンイはしれっと室内での喫煙に加わり、スラを励ます。

「あんまり落ち込むな。俺もお前の母さんと布団の上でレスリングをして負けたことがある」

一方、リビングに残されたチョルはボキに感心している。

「普段から腕の運動をされてるみたいですね」

ボキが鼻で笑う。

「運動なんてとんでもない。してるのは労働だけよ」

ボキはまた悠々と台所仕事をしに行く。ホルモンよりもっとすごい何かがボキの全身に流れているようだ。そんな力を持ちながらも彼女は、家長になろうとは夢にも思わない。家父長だろうが家女長だろうが、そんなのは誰かに任せておけばいい。給料さえしっかりくれれば、家長が家の中でどんなに偉そうにしたって構わない。他人には奪えない喜びと自由が自分にあることをボキは知っている。

娘の芸術家の友人たち

両手に撮影機材を持った四人の訪問客がスラの家にやってきた。ボキとウンイは丁重に迎え入れるが、彼女たちが何をしている人たちなのかはよく知らない。スラが出てきて客人と親しく挨拶を交わす。そして、ボキとウンイに、彼女たちは監督と助監督と美術監督とスタイリストであり、ティザー動画を一緒に撮影するチームだと紹介した。しかし、ボキはティザー動画が何なのかわからないし、美術監督とスタイリストの間にどんな違いがあるのかもよく知らない。わかっているのは、彼女たちの姿格好が普通ではないということと、何をしている人であれ、彼女たちも数時間後にはお腹を空かせるだろうということだ。芸術関連の仕事をしている子たちだと大まかに頭にインプットしてから、ボキは昼食の準備に向かう。そばに立っていたウンイは来客たちに自分がボキの夫であることを告げると、静かに寝室に入っていく。

これまでにスラのさまざまな友人たちが昼寝出版社を訪ねてきた。芸術関連の仕事に従事している子もたくさんいたが、ボキの目には、芸術をする子たちは撮影だと言って変なことばかりしているように見えた。去年来た別の撮影チームは、スラを主人公にしたシュルレアリスムのポスターを撮るのだと言って、屋上で大型ファンを回し、コピーの裏紙を三百枚吹き飛ばした。空に向かって虚しく飛んでいく裏紙を見ながらボキは思った。これはいったい何の真似だにぃ。忠清道《チュンチョンド》で幼少期を過ごしたボキは、呆れたことを目にすると忠清道の口調で考える。その日、ボキは、飛ばした裏紙を全回収する作業に加わった。芸術が何なのかさっぱりわからないまま、一生懸命紙を拾った。


　ときどき、スラは、奇妙な服を着せられる広告写真の撮影にモデルとして参加する。お化け、芸妓、豚などに扮したスラの写真が掲載されたファッション誌をめくりながらボキはつぶやく。

「奇抜だね……」

　なぜこんな変なことをするのかという言葉を和らげた発言だ。スラは無表情で答える。

「人に言われるままに着たり、動いたりしたいときってあるじゃない」

「そうかな」

「何も考えずに撮影現場にいるのがいいんだ」

「どうして？」

「何かを決めたり、責任を負うことに疲れたから」

そう言ってスラは寂しげな背中を見せながらモニターの前に座り、原稿を仕上げる。人生の重荷を背負った家女長の後ろ姿を演出しているのだ。泣き言を言うにはまだ早い。スラの家女長としての歴史は、始まってからまだ数年しか経っていない。


とにかくスラは、今日も撮影監督の指示通りに動いている。ボキが見る限り、今回の撮影チームはそんなに奇抜なことをさせはしないようだ。アスファルトの道路の上に寝かせたり、裏山を全力疾走させることはあっても、それくらいは良心的だ。撮影チームの四人のうち、スラは監督と最も多く相談していた。慶尚道《キョンサンド》の方言で現場を指揮する監督の名前はダウンだ。ダウンはスラと同い年の女性で、二人はとても親しそうだ。スラの髪にオイルをベタベタ塗りながらダウンが言う。

「髪がめちゃくちゃ多いね」

ダウンの手の感覚を楽しみながら、スラが答える。

「お母さんに似たんだ」

ダウンの手によって仕上げられたワカメみたいな髪型のスラが撮影される。彼女たちは撮影中、大笑いしながら何度も計画を修正する。ダウンは大きな声でディレクションをし、大げさなジェスチャーで感嘆を表現しながらスラのテンションを上げた。

スラはダウンの言う通りにするのがとても楽でいい。スタイリストに指示されるままに洋服を着るのも好きだ。原稿を仕上げるときも、誰かがこうして全部決めてくれたらどんなにいいかと思う。スラや監督が見落としている部分は助監督がきめ細やかにフォローしてくれ、美術監督はスラの頭の中にはなかった良いアイデアを追加して小道具で演出する。そうやってスラは適度に受け身でティザー動画の制作に参加しているが、ボキにはそのすべてが何なのかまったくわからない。ただ、芸術をするお嬢さんたちの腹具合が気になるだけだ。キッチンでは、ボキが手際よく昼食の準備を進めている。野菜が切られ、カレーが煮込まれ、麺がゆでられる。

いつの間にか太陽が中天に昇っていた。ボキが四人を呼ぶ。お昼を食べなさいと。芸術をしていたお嬢さんたちは、機材を置いてテーブルに集まる。食欲をそそるカレーうどんと季節のサラダ、シイタケの餃子と三種類のキムチでテーブルはいっぱいだ。撮影班とスラは生つばを飲み込みながら席に着き、「いただきます！」と挨拶して食べはじめた。食べている間もにぎやかだ。済州島《チェジュド》出身の助監督は、六回目でやっと運転免許試験に合格した話でみんなを笑わせ、美術監督とスラはすてきなヴィーガンレストランの情報を共有し、スタイリストは訳のわからない冗談を言ってまた皆を笑わせる。そんな中、監督のダウンはこれといって何も言わず、静かに食事をしていた。普段はよくしゃべるのに、食事のときは口数が少ないんだな。スラは心の中でそう思った。

しっかり腹ごしらえをしたそのパワーで撮影は続き、午後遅くになると彼女たちは機材を片づけて労いの言葉を惜しみなく伝え合った。スラは撮影チームを見送ると、シャワーを浴びて机に向かい、いつものように仕事をする。仕事は夜遅くまで続いた。

深夜零時ごろ、スラにメッセージが届いた。ダウンからだ。

「久しぶりに誰かのお母さんが作ってくれたごはんを見て、涙が込み上げてきた。キッチンに行って、ありがとうって言いたかったけど、そんなことをしたら涙があふれてしまいそうだったから、テーブルでいただきますとだけ言ったんだ。お母さんに忘れず伝えてね。とてもおいしくて、幸せだったって」

ダウンは口数が少ないのではなく、涙を我慢していたのだと思うと、スラの胸が痛んだ。スラはざわめく心でダウンのメッセージを何度も読み返す。この世にいないダウンのお母さんを思いながら読み、この世にいるボキを思いながら読んだ。ダウンが経験した喪失を、いつかスラも経験することになるだろう。そして、そのときスラはダウンに聞かずにはいられなくなるだろう。いったい今までどうやってこの悲しみに耐えてきたのかと。

そんな未来がやってくることをスラはいつも忘れてしまう。忘れたまま、何の悲しみも感じることなく、ボキが作ったごはんを食べている。そうして得た力で芸術をし、人に会い、お金を稼ぎ、家長として偉そうにふるまう。でも、ダウンのメッセージを読んだ今日は、偉ぶれそうにない。スラは両親の寝室に入ってボキに話しかけた。

「ダウンが、今日はとてもおいしくて、幸せだったって」

永遠ではないボキが爪を切りながら答える。

「次は、もっとおいしいものを作ってあげるわ」

彼女たちが何をしているのか、未だにボキにはよくわからないけれど。


ずっとずっとその次が続きますように。ボキが用意してくれる無数の食卓がこの先も自分と友人たちに許されることを願いながら、やはり永遠に続くことのないスラはまた机の前に座る。

ミランは突然訪ねてくる

夜遅く、誰かが昼寝出版社の玄関を激しく叩いた。寝室でテレビを観ていたウンイが思わず驚く。

「こんな時間に誰だ」

スラが書斎から下りてきて答える。

「決まってるでしょ」

食器を洗っていたボキが慣れた様子で聞く。

「今度は何？」

スラはあからさまに面倒くさそうな顔をする。

「別れたんだって」

ウンイが背中をかきながらリビングにやってきた。

「この前、別れたんじゃないのか」

「今度こそ、ほんとなんじゃないかな」

スラは気乗りしない様子で玄関を開ける。マフラーをぐるぐる巻きにしたミランがドアの前に立っていた。目元が少し潤んでいる。

「スルちゃん……」

ミランはいつも少し哀れっぽい声でスラをそう呼ぶ。幼稚園のときからそうだった。

スラがスリッパを出してやりながら言う。

「間違いないね。悲恋の主人公」

ウンイもミランに声をかける。

「今日はいったい何が問題なんだ？」

ミランは地面がへこみそうなほど大きなため息をついて答える。

「何もかもうまくいかなくて」

それがミランのいつもの切り出し方だ。実際にすべてがうまくいっていないわけではないが、ミランは自分の人生をいつもそう実感しているようだ。

人生に行き詰まると、彼女はわが家のようにスラの家にやってくる。失恋したとき、解雇されたとき、詐欺に遭ったときなど、大きな不幸があるときはもちろん、食べすぎたときや便秘に悩まされているときなど、ちょっとしたことで生活に支障があるときも昼寝出版社のドアを叩く。スラとミランは、純粋に物理的な距離が近くて親しくなったケースだ。友達というものを自分で選んでつき合える年齢になる前からお互いを知っていた。スラが幼稚園の隅で偉人伝を読む子供だったのに対し、ミランは幼稚園のど真ん中で声を張り上げて大騒ぎする子供だった。遊んでいて額をけがしたミランが大声で泣き叫ぼうものなら、スラはその騒々しさにストレスを感じ、首を横に振ったりしていた。


「ボキさん!」

ミランが悲しみに暮れた声でボキを呼ぶ。ミランはボキが好きすぎて、スラがいないときでもボキに会いにこの家にやってきたりもする。しかし、ボキは仕事が終わったら、ひたすらテレビでも観ながらすっと眠りに就きたい人だ。

「ボキさん……、いったい私の何がいけないんでしょう」

ミランが来た以上、もはやすぐには寝られない。ボキは、ミランのことが煩わしくありながらもかわいそうに思えて聞いてやる。

「夕食は済ませたの?」

ミランは、待ってましたとばかりに答える。

「いいえ」

スラが咎める。

「こんな時間なのに、まだ食べてないの? お母さんはさっき仕事が終わったばっかなんだから、またごはんを作らせたりしないでよ」

ボキがスラをたしなめる。

「とにかく話は食べてからね。何が食べたい？」

ミランは悲しみの中にあっても、必ずメニューを考えてくる。

「ボキさんのトッポッキが食べたいです」

スラはミランの言葉を無視してボキに言う。

「味噌汁《テンジャンクク》の残り物があるでしょ？　それに冷やごはんでも混ぜてあげて」

ボキは、「食べたいって言ってるじゃない」と言ってトッポッキの餅を取り出す。すぐに鍋に水を入れて、調味料も入れる。スラがミランに説教するように言う。

「ここは食堂じゃない、出版社なんだからね」

ミランは気にせず冷蔵庫を開け、ジュースを注いで飲む。

「何かつまむものはある？　泣きすぎて血糖値が下がっちゃった」

ミランが聞くと、スラは仕方ないと言うようにピーナッツを出してやる。ミランはリビングに座り、ピーナッツの皮をむきながら愚痴をこぼしはじめた。

「今回は本当にうまくやりたかったのよ、スルちゃんも知ってるでしょ。私、ほんとに一生懸命やったんだから。なのに、結局また一人になって……」

どうやら話は一時間では終わりそうにない。スラはヨガマットを持ってきて、ミランの隣に広げる。

「仕事で疲れてるから、ヨガしながら聞くよ」

ミランは、そんなスラの態度はいつものことなので、構わず愚痴を続ける。

「私の愛し方が負担だったみたい。私はこの先もずっと孤独なんだろうな。誰にも愛されないまま、一人年老いて死んで……」

スラが左右に大きく開脚しながら嫌味を言う。

「あんたは一人じゃないでしょ？　今、あんたのためにトッポッキを作ってくれてる人がいるじゃないのよ」

キッチンからボキが優しく声をかける。

「ちょっと待ってね。あともう少しだから」

甘辛いトッポッキの匂いが家の中に充満してきた。ミランは、自分が何をそんなに悪いことをしたのかと嘆きながらも、食欲をそそられる。トッポッキが食卓に運ばれてきた。熱々でおいしそうだ。ミランはフォークを握ってスラに聞く。

「食べないよね？」

「うん」

スラは、夜遅くには何も食べない。作家生活を続けるうちに胃が敏感になってしまい、夜食は禁物だ。ミランはおいしそうにトッポッキを食べはじめる。彼女は美食家で大食漢だ。昼でも夜でも、鍋いっぱいのトッポッキをペロリと完食する。横でスラは奇抜なヨガのポーズに集中し、ボキはミランの食べる姿をじっと見つめている。

「お嬢さん、まだ鳥の羽根みたいに多くの日々が残っているよ★」

のんきなことを言うボキに、ミランは泣き言を言う。

「私が私であることが嫌なのに。私のまま生きていかなければならないなんて、お先真っ暗です」

ミランは小さくゲップをして息を整え、ボキはミランを励ます。

「あなたのどこが悪いっていうのよ。こんなに可愛いのに」

「顔も変だし、性格はもっと変です」

「性格は……確かに変わってるけど、目鼻立ちは独特で可愛いわよ。得意なことも多いし」

「どれも中途半端です」

汗まみれになったスラが会話に割り込む。

「ミラン、もう時間も遅いし、それぐらいにしてお風呂に入りなよ」

スラはお風呂を用意しに行く。おしゃべりな友人は熱いお風呂に放り込むのが得策だ。

スラはお風呂にお湯を張る。指先で温度をチェックしながら、浸かれるぐらいの量になるとミランを呼んだ。

「ミランが先に入って。私はあとにするから」

お腹が満たされたミランは、素直に浴室に入る。

「着替えを持ってきてね」

「うん」

ミラン用の部屋着はスラのクローゼットに用意されている。あまりにも頻繁に来るからだ。スラがそれを取りに行く間にミランは服を脱ぎ捨て、髪を束ねてアップにし、浴槽に入る。すると静かになる。どっと疲れを感じたからだ。体がほぐれると呼吸も深くなる。


戻ってきたスラが、着替えを置いて浴槽の脇にしゃがみこむ。入浴するミランを見ながらタバコを吸うのは、スラの習慣だ。スラは煙をおいしそうに吐きながら言う。

「また新しい恋が見つかるよ」

ミランは浴槽の中で悲観的に予言する。

「それでまた失恋するんだろうね……」

スラはミランの自虐にうんざりし、ミランは脱力したまま浴槽の中に座っている。

★歌手のチャン・ギハのTwitter（現X）の投稿をもじったもの。

あれこれ疲れているようだ。スラにはミランの気持ちが全部はわからないし、知りたくもないけれど、とにかく寂しいからここに来たのだろう。ミランの横顔をしばらく見ていたスラが言う。

「誰とつき合うかよりも、もっと大事なことがある」

「何？」

「まずは自分自身と仲良くならなきゃ」

ミランがため息をつく。

「それって、どうやるわけ……」

スラが笑う。

「いくら気に入らなくても、自分自身と別れることはできないでしょ」

ミランは額に手を当てて言う。

「私は、スルちゃんと仲良くするほうがずっと簡単」

「でも、いちばん大切なのは自分だよ。自分との友情」

ミランはぽかんとし、しばらく黙ってから聞く。

「スルちゃんは、自分と仲いいの？」

スラが答える。

「上司のように接してるよ」

「何で？」

「上司がいないから」

「それって、いいことじゃない」

「厳しく見張ってる人がいないと、仕事を完成させられないからね」

「だから自分で自分の上司になるわけ？」

「自分を甘やかしすぎないためだよ」

「それが自分と仲良くすることなの？」

「すばらしい福利厚生を提供してくれる有能な上司のように自分に接するって意味」

「衝撃だね。私は、上司がいてもいないかのように生きてるのに……」

二人には共通点がほとんどない。だからこそ、お互いに我慢できる点もある。ミランが気だるそうに聞く。

「泊まっていってもいい？」

「好きにすれば」


スラはタバコを吸い終えると出ていき、浴室に残ったミランは自分について考える。私もたいがいだなと。そうしてスラのことを考える。あの子もたいがいだなと。それはそうと、ウンイさんはいつの間に消えたんだ？　きっと、こっそりテレビを観に行ったに違いない。明日の朝は、ボキさんにわかめスープを作ってもらおう。そう心に決めてミランは顔を洗う。

印刷前に戻すことができたら

スラの眼鏡のシルバーフレームがひときわ冷たく光る。眼鏡の奥の顔は睡眠不足でくすんでいるが、休むにはまだ早い。緊張の糸を引き締めようと、スラは身じたくを整える。群青色のツーピースを着て、髪をさっと束ねた。忘れ物がないか、バッグを確認する。最終の編集データが入ったノートパソコン、色見本表、紙のサンプル、拡大鏡など、どれも印刷所で使うものだ。ボキが車のエンジンをかける。スラは颯爽と家を出る。今日は印刷に立ち会う日だ。

印刷の立ち会いとは、本を印刷する直前に印刷所でテスト印刷を行い、問題がないかをチェックする作業だ。スラが数か月かけて執筆し、編集してデザインしたデジタルファイルが、この日初めて物体性を帯びるわけだが、いざ印刷してみると、パソコンで見ていたファイルとは違う結果が出ることもある。印刷機の状態、技師の力量、紙の質感、あるいは温度や湿度によって色が微妙に違ってくるからだ。意図していた、まさにそのトーンの色にするためには、気を引き締めてチェックしなければならない。昼寝出版社の社長であるスラが印刷立ち会いの日に緊張するのはそのせいだ。

スラは従業員のボキと一緒に車でパジュに向かう。パジュ出版団地にはさまざまな印刷所が集まっていて、そのうちの一つが昼寝出版社の取引先だ。本を出すのもすでに十冊目になるスラは、その印刷所の人たちのことを熟知している。彼らの労働と技術なくしては本が完成しないので、深く頭を下げて挨拶をする。最も礼儀正しく挨拶する相手は機長さんだ。印刷機を統括する人で、二十年以上も印刷業界に身を置いている彼はいつも無表情だ。

「よろしくお願いします!」

スラが大きな声で言っても、印刷機の回転音がうるさくて作業服姿の機長さんの耳には聞こえない。ディーゼル機関車みたいに大きな音を立てて動く印刷機のそばでスラは、なりふり構わず大声で叫ぶ。

「よろしくお願いします!!!」

するとようやく、機長さんがスラをちらりと見て軽くうなずいた。機長さんは口数が少ない。たくさん話したところでこの環境ではあまりよく聞こえないし、どのみち紙に印刷された結果だけで合意が成立するからだ。

今日印刷する本は、スラが書いた初めての小説集だ。生まれる時代を間違えた、優れたアイデアの持ち主たちを描いた短編が収録されている。スラはなぜか、時代を半歩だけ先取りすべきところを、二歩先取りしてしまって成果を出せなかった人たちの物語にこだわった。

たとえば、一九八三年に自撮り棒を作った日本の上田宏さん。カメラ会社の社員だった彼は、旅行中に自分で自分の写真を撮れる道具を発明したが、周囲からは嘲笑されるだけだった。「誰が一人旅しながら自分の写真なんか撮るもんか」と。支持してくれる人は一人もいなかった。それでも彼は、ひるむことなく自撮り棒の特許を取得した。しかし残念ながら、その特許は二〇〇三年に消滅してしまう。自撮り棒の全盛期が訪れたのは二〇一〇年代だ。

別の主人公にアン・ヨンビンがいる。彼は一九九一年にお粥チェーン店のアイデアを出した人だ。いろいろな理由でお粥が必要な人にお粥を配達してくれる店があったらいいのではないかと考えたのだ。人々は彼をけなした。「どこの誰がお粥をデリバリーして食べるんだ」と。ヨンビンはすっかりしょげ返って世紀末のアイデアを静かに引っ込めた。お粥専門店のフランチャイズの全盛期が訪れたのも二〇〇〇年代以降のことだ。世界と絶妙にずれている主人公たちがスラの小説の中には住んでいる。スラはこの本のすべてを自らデザインした。

いつかスラの才能も、時代との間にずれが生じるかもしれない。紙の本の読者が年々減少する傾向にあるのだから。紙の本の時代が終われば、印刷所や昼寝出版社も廃業しなければならないだろう。

幸い、そんな未来は今のところまだ訪れていない。だから、スラと機長さんは印刷機の横で声を張り上げて意見を交わす。スラは、最初に刷った表紙の色がどうしても気に入らないようだ。

「機長さん！　これでは鮮やかなレモン色です！　もう少しアイボリーに近づけたいんです！　彩度を少し下げていただけませんか！」

騒音の中、機長さんは気に食わなそうな顔で印刷機の設定を変える。スラの要求が抽象的だからだ。スラはバッグからノートパソコンと色見本帳を取り出す。データの黄色と色見本帳の黄色と印刷された表紙の黄色がどう違うのかを一緒に確認するためだ。

「ここにパントン100Uカラーがあるの、見えますよね！　この色と同じにしてほしいんです！」

スラが指差したカラーチップを見て、機長は短く尋ねる。

「もっと薄くってこと？」

「はい！　濃い黄色じゃなくて、淡い黄色です！」

彼が慣れた手つきで再び機械を回す。マット紙が何枚も印刷機の中に吸い込まれ、その中で忙しく送られていく。刷って、確認して、刷って、確認して……。その過程を四回くり返してようやく、スラは望みの色を手に入れることができた。傍らで静かに見守っていたボキは内心こう思う。

（みんな同じ黄色じゃないのよ。何もそこまで……）

だが、スラにとっては天と地の差だ。本を作る人たちのほとんどはディテールにこだわるもので、機長さんもそれを知っている。彼は面倒くさそうにしながらも、スラの要求を完璧に受け入れ、細かく調整する。そうやって表紙のカラーが確定した。

本文の印刷も念入りに確認しなければならない。インクの濃さが適切かどうか、読みやすさは確保されているか、もしかしたら重大なタイプミスがないかなど、チェックすることだらけだ。スラは印刷した本文のサンプルを手に持ち、離して見て、近くで見て、拡大鏡でも見てみる。パソコンですでに何十回も確認したものでも安心できない。印刷してしまったら、取り返しがつかないからだ。そのことを思い出すたびに、スラは出版というものが怖くなる。

でも、いつまでもチェックしているわけにはいかない。書店と約束した刊行日が目前に迫っていて、印刷所には昼寝出版社の本だけでなく、ほかにも刷らなければならない本がたくさんある。そこにいつまでも居座ってはいられないのだ。何か見逃したミスがあるのではないかという不安から、チェックを続けるスラをボキがたしなめる。

「社長、十分確認したと思いますよ」

スラは未練たっぷりの顔でサンプルから手を離す。

「もう観念しないと、ですよね……」

スラの顔はすっきりしていながらもひどく疲れている。たいていの編集者やデザイナーがそうであるように、スラも昨日まで死ぬほど働いた。ボキが励ます。

「いい本になりますよ。一生懸命書いたんだから」

本づくりに関わってない人だから言える気楽な慰めではあるが、スラは少し気持ちが楽になった。スラも同じことを願っているからだ。この本が良い本でありますように。自分が書いて作ったものが、どうか良いものでありますようにと。すっかり楽観的になるには、スラはこの本についてあまりにも多くを知りすぎている。もっとよくできたはずの部分が次々と思い浮かぶ。スラはため息をつきながらつぶやいた。

「ポール・ヴァレリーがこう言ったんです」

ボキはポール・ヴァレリーが誰だか知らないが、聞き返す。

「何て言ったんですか」

「作品を完成させることはできないと。ただ、ある時点であきらめるしかないのだと……」

すべての作品が体力や時間やお金などの限界によって、ある瞬間に作家があきらめた結果だと思うと、スラの心はいっそう楽になる。ボキは適当にうなずく。

機長さんがもういいのかと目で合図を送る。スラは悲壮感に包まれた顔でうなずく。機長さんがボタンを押すと、印刷機が重々しく動き出した。あの中でスラの新作が誕生するのだ。本を作る「ガシャンガシャン」という機械音が今さらながら新鮮に聞こえる。スラはバスほどもある巨大な印刷機に手を当てて祈った。重版を何度も刷らせてください、良い読者に出会わせてくださいと。そうしてその本はスラの手を離れた。自ら書いた本を手放す瞬間は作家にとって虚無であり、解放だ。

しかし、自分のもとを離れてもまた戻ってくる本がある。決してあってはならないことだが、そんなことがたまに起きてしまうのだ……。

本を愛して恐れる

スラは決める人だ。家長兼社長として出版社の名前を決め、従業員の給料を決め、本のタイトルを決める。本の値段を決めるのもスラの役目で、自分が売るものに合理的な価格をつけるのは商人の美徳でもある。

スラを育てた祖父も商人だった。彼は自動車部品店が並ぶ通りで両面テープ屋を営んでいた。部品と部品を接着するには両面テープが必要だ。スラは、粘着性のある接着面が裏表にあるテープがいかに便利なものかを見て育った。丸や三角や四角のテープが祖父の店で数千個ずつ製造され、梱包された。祖父は幼い孫娘を目の前に座らせ、薄利多売について説明した。高価なものを丁寧に売って利益を多く残す厚利少売という方法もあるが、世の中のすべてがそうはいかない、安い物をたくさん売って利益を上げる方法もあるのだと。そんな話をする祖父の背後で、両面テープの製造機がガシャンガシャンと音を立てて回っていた。ガシャンガシャンと音を立てるたびに、テープが数十個単位に分割されていった。

今思えば、その音は印刷機の回転音に似ていたような気がするとスラは思う。スラの運命は祖父のそれと似ていて、騒々しい機械で物を量産して商売をしている。一冊当たりいくらで売るのが妥当か、ページ数、紙代、印刷費、製本費、原稿料、編集費、デザイン料、書店の手数料、広告費などを考慮し、適切な値段をつけなければならない。新しく出版する小説集の定価は一万五千ウォンに決めた。現在の平均的な書籍価格から大きく外れていない設定だ。

問題は、若き社長のスラが誤って○《ゼロ》を一つ抜いてしまったことだった。それが発覚したのは、刷り上がった本が印刷所から全国の書店に出荷される直前のことだった。

「何これ、千五百ウォン?」

出版社に届いた見本を手にしたボキが叫んだとき、スラは悪夢を予感した。書斎にいたスラはリビングに跳び下りていき、慌てて本の裏表紙を確認する。きれいで、よくできている本だったが、裏面には次のように表示されていた。「価格一五〇〇ウォン」。スラはため息をつかずにはいられなかった。

ボキは心の中で思う。○は何個必要なのか、まさかまた混乱したのかと。しかし、とてもそれを口に出すことはできない。誰よりも自分を責めているはずだからだ。スラは、「ヤバい、やっちゃったよ」という顔で何度も本を確認し、絶望の中で質問する。

「何部ですか」

印刷所で事故が起きると、誰からともなく発せられる質問だ。同じ内容を大量に印刷するという仕組みの特性上、部数がすなわち事故の規模だ。ボキが答える。

「二千部です」

「くそっ……」

スラが本で額を打つ。印刷機が本を刷るのよりも強く、自分の額を打つ。三回ほど打ったところで正気に戻った。価格を誤記した新刊本二千部が全国にばらまかれる寸前だ。自分を責めている暇はない。

「とりあえず出荷をすべて取り消して、全部回収しましょう」

社長の指令だ。ボキは印刷所に電話をかける。雑巾がけをしていたウンイが突然現れた。

「どうしたんですか」

ボキは、声を出さずに「やらかしたのよ」と口を動かしてウンイに伝える。不穏な空気を察知したウンイは本を手に取って裏表紙を確認し、二人はスラに聞こえないようにキッチンでこそこそ話す。

「バカじゃないのか」

「まったくよ」

スラは価格を刷り間違えた本を持ったまま考え込んでいる。どうすればいいのか。全部刷り直すべきか。そんなことをしたら、莫大な損失になるだろう。何かいい方法は……。スラは書斎に上がり、手早く訂正シールを作った。

昼寝出版社の従業員の夜勤が決定した。


彼らの任務は「一五〇〇ウォン」と書かれた裏表紙に「一五〇〇〇ウォン」と書かれた訂正シールを貼ることだ。少しのずれもなく、きちんと貼らなければならないが、翌朝までにそれを終えるには手が足りない。ウンイとボキだけでは間に合わないと判断したスラは助っ人を召集し、チョルとミランが緊急手当を受け取る条件で現れた。そうして五人が集まり、二千冊の新刊と二千枚の訂正シールの間で働きはじめる。社長の失敗のせいで集まった者たちだ。彼らの夜勤手当と緊急手当を支給しなければならないので支出が増えるが、二千部をすべて刷り直すよりは損失が少なくて済む。

「皆さん、申し訳ありません……！」

シールを貼るボキ、ウンイ、チョル、ミランにスラは何度も頭を下げて謝る。本の刊行はもう十冊目なのに、今さら素人みたいな失敗をした自分を許せないが、書店への納品スケジュールにだけは何としてでも間に合わせなければならない。

「明日の朝まで、よろしくお願い……します!」

スラはひたすら恐縮している。ミランが気軽に聞く。

「印刷前に確認しなかったの?」

スラは弁明の余地がない。

「したんだけど……ほかのところは誤字はなかったのに……」

チョルがシールを貼りながらつぶやく。

「数字に弱いんですね」

ウンイが言葉を足す。

「子供のころからそうだった」

ボキもつけ加える。

「国語百点。算数二十五点……」

ミランがぶつぶつ言う。

「それにしても、何で一五〇〇〇ウォンを一五〇〇ウォンに……」

正式にまぬけとして認められたスラは、後悔の嵐の中でシールを貼りながら言い訳する。

「同じ本をずっと編集していると、何が何だかわからなくなるんだよ……。目が慣れてしまうっていうか……」

ミランはスラに慰めにもならない言葉をかける。

「確かに。私もときどき耳が慣れてしまうことがある」

ボキが聞く。

「それってどういうこと？」

スーパーで働いているミランの得意な愚痴が続く。

「調味料コーナーの近くに毎日立っていると、いつもこの歌がくり返し聞こえてくるんです。『ヨンドゥにしよう～♪　ヨンドゥにしよう～♪〔大豆を発酵させたものをベースとした液体調味料のCMソング〕』」

チョルは、自分も知っているメロディーなのでうれしくなる。

「あ、その曲知ってる！」

ミランがため息をつく。

「それを百回以上聞いたと考えてみてよ。まるで拷問よ。スーパーのCMソングはもっとヤバい。『ハッピー、ハッピー、ハッピーEマート～♪』を聞くたびに悲しくなるね」

「そんなふうに耳が慣れることもあるんだ……」

スラがミランのつらい労働環境を想像しながらつぶやく。

やっぱり、楽な仕事なんてどこにもないらしい。歌でも本でも、何かを創作する人は慎重の上にも慎重を期すべきだ。それがどこでどれだけくり返され、複製されるかを想像しながら、悪いものを量産しないように努力する義務がある。スラも自分が書いたすべての文字と数字をもっと丁寧にチェックすべきだった。二千部も印刷されていい完成度なのか、何人かでクロスチェックすべきだった。

二千部の価格訂正作業は早朝に終了した。五人の徹夜作業によってスラの新作は無事、午前中に書店に納品された。スラは手当をきちんと支給し、朝食をしっかり食べさせてから、四人を退勤させた。皆が解散したあと、スラは朝日を眺めながらあれこれと考えを巡らせ、タバコを一本吸った。これで本当に、本がスラの手を離れてしまった。

スラの新刊は多くの読者の手に渡る。さまざまな読者が満足したり、あるいは失望しながらその本を読むことだろう。スラはすべての人を満足させるような本は書けない。前作と違うものを書こうと努力するだけだ。好評と酷評の中でスラの本は重版された。

三刷が流通していたある日、スラは書店から不吉な電話を受けた。本のページが入れ替わっているというのだ。

「十六ページの次に百二十九ページが続いています。何かおかしいみたいです」

読者からの抗議のメールも殺到する。

「内容がおかしいので確認したら、製本がぐちゃぐちゃです」

「今日宅配で受け取ったのですが、乱丁本でした。返金してほしいです」

乱丁本は迅速に返品、もしくは交換するのが出版社の原則だ。本の奥付にはいつもこう書かれている。

「落丁・乱丁本はお取替えいたします」

スラは憂いに満ちた顔で、どこで間違ったのか追及しはじめる。出版社から印刷所に送ったデータには問題がなかった。一ページから三百五十二ページまで順番に並んでいる。しかし、書店に並んだ本はページが混在していた。印刷所で起きた事故だ。

スラとボキは乱丁本を持って印刷所に向かい、ガシャンガシャンと印刷機が音を立てる中で原因を突き止めた。問題が発生したのは本文の製本部門だった。印刷された本文の用紙を製本機に入れる過程でミスがあったのだ。印刷所の社長が頭を下げて謝る。スラは製本機の前で働く中年の従業員たちを見つめた。この仕事を毎日くり返してきた労働者たちだ。同じ作業をくり返していても間違うことはある。印刷にも人の手がかかっていることをスラとボキは再認識した。ガシャンガシャンと音を立てて回る機械の中に紙を入れ、うまく回っているかどうかを確認するのは今も人の仕事だ。出版社を運営していなければ、大きな騒音と鼻を刺すようなインクの匂いの中でその作業をくり返す人々の顔を知ることは、永遠になかっただろう。スラは印刷所を責め立てることなく、損失額の補償に合意して新しい印刷注文を入れた。

スラは、書店に流通している問題の三刷をすべて回収しに出かけた。ウンイと一緒にトラックで書店を回り、本を回収する。書店に立ち寄るたびに頭を下げて謝罪し、迅速な対応を約束した。

「申し訳ございません。印刷所で事故がありました。四日以内に新しい本と交換させていただきます！」

出版社の公式アカウントにも謝罪文と案内文をアップした。その間にもスラに対する読者からの抗議と問い合わせが続く。ボキとウンイは思う。

「社長は、悪口も代表して受けるんだな……」

ボキとウンイは、作家みたいな仕事はまっぴらごめんだ。出版社を運営する作家なんて、言うまでもない。若き社長のスラは、回収してきた大量の乱丁本をどう処理すればいいのやらと頭を抱える。

昼寝出版社を設立したばかりのころ、スラは本を作ることを特に怖いと思わなかった。よく知らなかったからだ。知らないからこそ、無鉄砲に威勢よくやれた。今のスラはそうではない。作家と出版業という職業がどんどん難しく感じられる。本を作り、数千部を印刷することが、どれだけ重大な決断を伴うことであるかがわかったのだ。その点において祖父とスラは異なる。祖父は両面テープを恐れる社長ではなかった。今、スラは本が両面テープより十倍恐ろしいものであることを知っていて、その恐れを知ったことにほっとしている。本を愛し、恐れる者が出版社を運営すべきだと信じているからだ。

居間でぐっすり昼寝をしていたスキとナミが、玄関ベルの音に驚いて目を覚まし、毛を逆立てた。スキとナミの姉妹が、玄関ベルが鳴るのを聞いて喜ぶことはない。外部の人が来る音だからだ。二匹は尻尾を下げ、四本足でそそくさとどこかに避難する。急いで避難する途中、玄関前で右に曲がろうとして前足を踏み外し、転んでしまうほどだ。

スキとナミが慌てて向かった先はボキとウンイの寝室だ。そこはボキとウンイが眠り、テレビを観る部屋であり、猫の姉妹がいちばん好きな場所でもある。そこにはいつも布団が敷かれていて、ほんのりお菓子のにおいがする。スキとナミの最愛の人間であるウンイもそこにいる。ウンイはあたふた身を隠しに来たスキとナミをなだめた。

「お客さんが来て、驚いたでちょ」

ウンイがそんな話し方をする相手はスキとナミだけだ。スキとナミはウンイのすねに顔をこすりつけて鳴く。姉妹がそんなふうに甘えるのもウンイだけだ。

そのころ、スラは玄関のドアを開けて客を迎えていた。今日初めて会う記者とカメラマンだった。スキやナミと違って、スラは初対面の人の前でもあまり緊張しない。さっさとインタビューを終えて、やりかけの仕事に集中したいだけだ。ボキがお茶を出し、スラと記者はリビングのテーブルに向かい合って座り、天気の話をする。彼らの会話を、スキとナミはボキとウンイの寝室で大人しく聞いていた。あの人たちはなぜ来たのか。それはスキとナミの関心事ではない。信じられない人を本能的に避けているだけだ。部外者がいる限り、姉妹は決してリビングには出てこないだろう。ボキもお茶くみの仕事を終えて寝室に入る。スラを除いた家族全員が小さな部屋に集まった。

リビングではインタビューが行われている。なぜ、作家になろうと思ったのですか？　日刊のメール連載を始めたきっかけは何ですか？　読者がそれを購読するのはなぜだと思いますか？　なぜ出版社を設立したのですか？　なぜ子供たちに作文を教えるのですか？　なぜ多様なジャンルに挑戦するのですか？　なぜヨガをするのですか？　スラは記者の質問を「うんざりだ」、「怠慢だ」と思いながらも真摯に答える。たとえどんな相手であっても、それなりの結果を出さなければならないのが社長だ。

しかし、スラの視線はどうしても記者のスマホに向けられる。スラの話を録音していないからだ。録音しないインタビュアーは達人である可能性が高く、それは記憶の達人だったり、歪曲の達人だったりする。

「録音しなくても大丈夫ですか」

スラが慎重に尋ねると、記者は答える。

「はい。文字起こしも時間がかかるので」

どうやら後者のようだ。記者が次の質問に移る。

「あれほどまでに正直な文章を書く理由は何でしょうか」

同じ質問を二百回くらい受けたスラは小さくため息をつき、いつもの答えを吐き出す。

「本にも何度も書きましたが、私は正直になろうと努力したことはありません。正直さと卓越性にはこれといった相関関係はないですからね。それに、何より私の文章はそれほど正直ではありません」

そう言ってスラは記者の手元を見る。記者は漫然とメモを取り、スラの言葉がくずし字でざっくりと要約されている。突然、スラはどうでもよくなってきた。なるようになれという心境でスラは言う。

「ひとことで言うと、私の文章はほとんどデタラメなんです」

「デタラメですか？」

「はい」

記者は手帳にこう書き留める。

（ひとことで言うと、私の文章はデタラメ……）

最悪の場合、この文章が記事の見出しになる可能性もあるだろうとスラは思う。メモを終えた記者が次の質問を投げかける。

「文学をする予定はないんでしょうか」

スラは記者をじっと見つめる。

「すでにやっています」

スラが答えると、記者はわかるようなわからないような説明をする。

「つまり……本当に文学的な、そんな文章を書かないのかという意味です」

スラはしばらく考えてから答える。

「今まで私が書いてきたものが文学でないとしたら、いったい何でしょうか？ 優れた文学かどうかについては意見が分かれるかもしれませんが、文学でないという理由はないと思います。記者さんはなぜ、私が文学をしたことがないと思うのですか」

「そうは言っても、一般的に純文学と呼ばれるカテゴリーには入らないからです」

「純文学っていったい何ですか？ 文学の前に付く『純』の意味がとてもあいまいに感じられます」

「だからその、伝統的な意味での純文学に分類される詩や小説や戯曲というか、登壇

〔新聞社が主催する新春文芸での入賞や知名度のある文学賞の受賞を経て作家デビューすること〕を経た作品みたいなものを書いてみるおつもりはないのかと……」

「登壇した作家さんたちだけの文学を指すのであれば、純文学じゃなくて登壇文学と言ったらどうでしょう」

「登壇文学ですか？」

「そうです。私は登壇した作家の作品の中に好きなものがとても多いです。私が読んで育った韓国の小説や詩がほとんどその中にあるからです。でも、登壇文学は文学の一分野に過ぎないと思うんです。制度の外でもいろいろな種類の文学的な作品が書かれているじゃないですか」

「つまり……文学をすでにされているということですね？」

「当然のことながら、そうなります」

記者は手帳に見出し調で書く。文学はすでにやっている……。

そのあとは写真撮影が続いた。カメラマンは何度も満面の笑みを要求する。スラは特に笑いたくはなかったが、「満面の笑み」と「笑いゼロ」の間ぐらいの「やや笑い」を選ぶ。

カメラや手帳をかばんにしまって帰る客をスラは丁重に見送った。

テレビを観ていたボキとウンイが寝室から出てきた。

「どうでしたか」

ボキが聞くと、スラは、「お粗末そのものです」と答える。

スキとナミも出てきた。部外者が本当に消えたかどうかを慎重に確認しながら、リビングに現れる。スラが二匹の隣で腹ばいになって言う。

「お客さんを連れてきて、ごめんよ」

スキとナミは何の反応もなくスラの前を通り過ぎた。


日が沈む。スラは今日が締め切りの原稿を書きはじめた。うまく書けると自分に言い聞かせながら、最初の一文を書く。書いた途端に、みんながっかりするだろうと思って消す。そして、あらためて最初の一文を書く。気に入らなくて、またすぐに消す。そんなことを何度もくり返す。慣れ親しんだ行為とはいえ、ときには泣きたくなることもある。

泣きたくなるとスラは、スキとナミが寝そべっているところへ行って、うつ伏せになる。スキとナミのお腹に顔を埋めると、香ばしいにおいがする。顔を埋めたままスラはこう聞いた。

「スキ、ナミ、私は何で文学をやるんだろう。こんなにストレスなのに！」

スキとナミがスラを見つめる。姉妹の目は全部で四つだ。きらきら輝いている。スラは救いを求めるように姉妹と目を合わせる。姉妹は三秒ほどスラを見つめたかと思うと、ぱっとその場を離れてしまった。

二匹はスラなど眼中にない。スラは好きな対象でも嫌いな対象でもなく、ただ興味がないだけだ。スラがどんな文章を書こうが知ったことではなく、そもそもスラの言語自体が意味不明だ。スキとナミに無視され、一人残されたスラはある重大な事実に気づいた。

（ほとんどの人が私に興味なんてないんだ！）

新聞に掲載され、テレビに出演し、本が何冊も売れてもだ。無神経なインタビュアーも、インターネット上に悪質なコメントを書く人たちも、賛辞を送る読者も、実はそれほど興味がない。スキやナミがそうであるように、みんな自分の人生を生きるのに精一杯なのだから。それに気づいたスラの心にそよ風が吹く。注目されているという錯覚、主人公であるという誤解を払いのけると、心地良い解放感が訪れた。スラは再び机に戻り、見慣れた本を手に取る。開くと、角が折られたページにこんな文章が書かれていた。

私はいつも動物から学ぶ。


「なぜ」という質問をしないことを。

たとえば、「なぜ本を作るのか」という質問なんかを。

必要もないし、仮に質問したとしても、答えはあまりにも簡単だ。


ねえ、なぜ君は本を作るの?

本の中の動物たちはそれぞれの左を指差して答える。


「私? 君のために」

「私は君のために」

「私はこの子のために」

「私はこの子」★

★キム・ハンミン『本の島』(ワークルームプレス、二〇一四 未邦訳)より引用。

そうやって、お互いが理由である一つの輪が作られる。

スラが文章を書く理由も、きっと最初の「君のために」があった。幼稚園の宿題のためだったか、祖父に送る誕生日カードのためだったか、自分を小娘《キジベ》と呼ぶ叔父を罵倒するために書いた日記のためだったか、もう正確には思い出せないが、もはやそんなことはどうでもいい。三十年の間にあまりにも多くの理由が追加されたから。

文章を書きたいと思わせられる人は数え切れないほどいた。好きな君。憎い君。面白い君。泣く君。病気の君。嫉妬する君。申し訳ない君。祝福されて当然の君。すごい君。変な君。美しい君。ただ運が悪かっただけの君。動物である君。死んだ君。忘れられない君。そんな君を見たり、聞いたり、においを嗅いだり、触れたり、食べたり、覚えていたりする私。文学の理由は、そんなすべての他者の総合だ。

スラは、「なぜ」と自分に問うことなく二番目の文章を書きはじめた。

有名作家の生活などこれっぽっちもうらやましくないとボキは思う。娘を見てそう思う。文章を書くのも嫌だし、有名になるのも嫌だからだ。ボキが毎日ごはんを作り、食器を洗うように、ボキの娘スラも毎日原稿を書いている。ボキにしてみれば、ごはんを作るほうがずっと楽だ。台所仕事も大変だが、原稿を書くよりは簡単で単純だというのがボキの考えだ。

ボキの家事は遅くとも夜九時には終わる。そのあとは寝室で足を伸ばしてテレビを観る。ウィリアムとベントレーの兄弟が出演する育児バラエティー番組〔『スターパパ奮闘記！ スーパーマンが帰ってきた』のこと。ウィリアムとベントレーは韓国初の外国人お笑いタレントであるサム・ハミントンの息子たち〕を観て笑ったり、泣いたりする。ネットフリックスで『アンという名の少女』を観たり、ウォッチャ〔韓流専門の動画配信サービス〕で『マイ・ブリリアント・フレンド』シリーズを見て嗚咽したりもする。少しでも怖かったり、残酷なドラマは絶対に観ない。観たいドラマがなければ、スマホでユーチューブにアクセスする。ブルーベリーの木の育て方、チェゲジャン〔牛肉を入れず、野菜だけで作った辛味スープ〕やヴィーガンピザの作り方、チョークベリーの活用法、ヤマブシタケの料理などを検索する。白髪染めのコツも調べる。世の中のほとんどすべての知識がユーチューブにアップされていることに、ボキはいつも衝撃を受ける。自分の経験をこうして共有してくれるなんて、もう尊敬しかないし、ありがたいことだと思う。本当に学ぶことだらけだ。ユーチューブの「師匠」たちと暮らしに関する勉強をしていてそろそろ眠くなってきたなと思ったら、法輪《ポムニュン》僧侶〔一九五三～。ラモン・マグサイサイ賞などを受賞した社会活動家でもあり、作家でもある〕の動画を再生し、天国も地獄もすべて自分の心の中にあるというありがたい言葉を聞きながら眠りにつく。

しばらくすると、ボキは大きな物音に目を覚ます。隣でカーレースが行われているような轟音だった。驚きながらよくよく考えてみると、それは自分のいびきの音だった。気づいた瞬間、ボキは思わず吹き出す。時計を見ると真夜中を過ぎていた。スラはまだ起きているのだろうか。

リビングに出てみると、やはりまだスラは仕事をしていた。木製の椅子に座り、少し老けこんだような顔で何かを書いている。ボキは「書けた？」とは聞かない。スラはその言葉に敏感になっている。「まだ」と答えるたびにストレスがたまるに違いない。書けたかどうかと聞く代わりに、ボキは娘のティーポットにお湯を足してやった。

ボキが見る限り、スラは健康管理に厳しいほうだ。決して食べすぎないし、夜食も食べない。夜七時以降は、どんなにおいしくゆでたジャガイモやトウモロコシを持っていっても絶対に食べることはない。ほんとにおいしいんだからと何度すすめても、断固として「いらない」と言う。おやつは昼間に限って食べ、お菓子を食べるのも計画的で少量しか口にしない。コッカルコーン〔とんがりコーンによく似たスナック菓子〕の袋を開けると、自分用のお皿に十個だけ取って箸でつまんで食べるスラを見ながら、ボキは思う。（痩せてるっていうのはつまり、性格が悪いってことなのか……）

そう思いながら、ボキは残りのコッカルコーンを袋ごと手に取る。もちろん、箸ではなく手でつまんで食べる。どうせ食べるならと、手と口に菓子くずをたっぷりつけておいしく食べる。床にも菓子くずをこぼしまくる。どうせあとで、ウンイが掃除機できれいに吸い取るだろうから。ウンイは床掃除に対して潔癖なところがある。まあそれはともかく、ボキは気にせずくずをこぼしながらお菓子を楽しむ。

スラと一緒に暮らすようになって、ボキは強制的に運動をするようになった。スラは、家の前のヨガ教室に自分とボキを勝手に登録し、ボキはあとになってそれを知らされるという横暴ぶりだ。ボキは朝、ヨガスタジオに行くのが面倒でしかたない。だから、いつまでも布団の中でぐずぐずしている。すでにヨガウェアに着替えてボキを待っているスラに、ボキが弱々しい声で訴えた。

「あたし、ちょっと体調が悪いみたい……」

スラは平気な顔で答える。

「あ、そう。ヨガをしたら元気になるよ」

なんて薄情なと思うが、事実だ。ヨガは行く前は面倒くさいけど、行ってくると必ず体調が良くなっている。ボキはため息をつきながらヨガウェアに着替え、娘と一緒に家を出た。スラはまっすぐ背筋を伸ばして先を行き、遅くなったと言って足取りを早める。スラを追いかけながらボキが言う。

「ちょっと、感じ悪くない？」

スラは即座にそれを認める。

「うん、自分でもそう思う」

ヨガのレッスン中、ボキは娘を見つめる。スラの肩立ちのポーズと頭立ちのポーズはすばらしく完璧だ。すごいなと思うけど、やっぱり感じ悪いと思う。


コロナの再流行で、ヨガスタジオはしばらく閉鎖されることになった。休みの間、スラはボキを連れて散歩に出かける。一日に少なくとも三十分は歩かなければならないというのがスラの持論だ。ボキも散歩は好きだ。でも、スラのはパワーウォーキングだ。ボキは、ゆっくり周りの景色を楽しみながら歩きたいのに、スラはやたら先を急ごうとする。

「お母さん、何ぐずぐずしてるのよ」

「ちょっと待って」

ボキは道端で目に留まった花をずっと眺めている。子供のころによく見たことのある花だが、名前が思い出せない。スマホを取り出し、「モヤモ《これなに》」アプリを起動する。草や花や木を写真に撮ってアップすると、植物に詳しい人たちがその名前を教えてくれるのだ。ボキはスマホを顔から離して花の写真を撮る。その姿を見てスラは中年の特徴というものを実感した。スマホを自分の手の延長のように自然に操る若者と違って中年はそれをあまりにも他人のように扱い、スマホを持っていることをやたらとアピールしながら写真を撮る。ボキは、そうして撮った花の写真を「モヤモ《これなに》」にアップし、質問する。

この花の名前は何ですか？

すると、嘘のように三十秒でコメントが書き込まれる。答えは「# ヌルデの木」の花だった。彼らは必ずハッシュタグをつけて投稿する。ヌルデに関するほかの情報も検索できるようにという気遣いだ。正解が「#大金鶏菊《オオキンケイギク》」や「#嫁のへそ《イシミカワ》」であることもあり、答えがはっきりしない場合は、「#ナナカマド?」と疑問符をつけることもある。間違っているかもしれないという可能性を開いておくのだ。

彼らは人工知能ではない。実在する人々の集団知性で稼働しているアプリだ。彼らはいったい何をしている人たちなのだろう。ボキみたいな人たちに数秒で花の名前を教えてくれるなんて、彼らはどうやってそんなに多くの種類の植物の名前を覚えたのだろうか。ボキもスラも不思議でしかたない。「ありがとうございます」とひとことコメントして数歩先に進むと、また別の花を発見する。そして同じ過程をくり返す。待ちくたびれたスラは、一人で近所を何周か走る。戻ってくると、ボキはまた別の草に夢中になっている。そろそろ帰ろうよとスラが言うと、ボキが答えた。

「あなたが道端で出会った猫に挨拶するように、あたしもこの草を見てるの。猫も草花も同じぐらい尊いんだから」

ボキの言葉は正しい。猫と嫁のへそが尊いのは同じだ。牛、豚、鶏も同じように尊い。皆、ボキやスラと同様に尊いのだ。

週末になると、別の尊いお客さんがやってくる。小学生の子供たちだ。スラは十代のころからどんなに忙しくても、月に一度は小学生に作文を教えている。学生時代、作文教室を始めるというビラをマンションの中で配ったとき、ほとんどの親たちはスラが通うそこそこの大学名とパッとしない経歴を見て特に関心を示さなかった。「作文が嫌いな子供にも作文の楽しさをプレゼントしてあげたい」という若い講師の広告コピーに反応したのはほんのわずかだった。文章を書くことに対するロマンを持った親だけがスラに子供を託し、スラは引き受けることになった弟子たちを手厚くもてなした。自分が持っている作文の錬金術を小学生たちに伝授しようと試みたのだ。

するとすると子供たちの筆力は回を重ねるごとに爆発的にアップし、親たちは子供が作文の天才であることに気づけなかった自分たちの無頓着さを嘆いた。書くことに何の興味もなかった子供が、毎週欠かさずスラの作文教室に通う姿に感動した親の口コミで、子供の友達、子供の友達の友達、友達の友達の友達まで通うようになり、スラの作文教室は数か月で押し合いへし合いの大盛況となった。

子供たちが現れて宿題を提出すると、スラは声を立てて笑いながらそれを読む。そして、子供たちと近況報告を交わす。一人ずつ、この一か月の出来事を話すのだ。ボキはキッチンでジャガイモのチヂミを焼きながら子供たちの近況に耳を傾ける。小学生の作文教室で、近況報告にあんなに長い時間を割くとは驚きだが、その時間があるからこそ、子供たちは喜んで作文を書いていくのだとスラは言う。近況報告をしているうちに、話したい気持ちが高まってくるからだ。もっともっと話したくなったころにスラは子供たちの話を止める。そして、作文を書かせる。話す代わりに文章で伝えようと提案するのだ。子供たちが困った顔で最初の一文を書きはじめたそのとき、ボキがジャガイモのチヂミを運んできた。子供たちがフォークを手に持つと、スラが言う。

「ボキさんにお礼を言わなきゃ」

子供たちは素直に従う。

「ボキさん、ありがとうございます」


作文を早く書き上げた子供たちは庭に出て、かくれんぼをして遊んでいる。九歳のイアンは今日は集中できないのか、なかなか書けずにいた。残っているのは一人だけだから、余計にむずむずしてくる。スラ先生はパソコンに向かって何をしているのか知らないが、忙しそうだ。イアンは書くのをやめて遊びたいけれど、どうすればいいかわからない。作文教室がちょっと嫌いになりそうだ。実際、なぜ作文を書かなきゃいけないのかもわからない。ため息が出る。そのとき、ボキがそっと近づいてきた。

「イアン、今まで作ってあげたおやつの中で何がいちばんおいしかった？」

イアンはちょっと考えてから答える。

「うーん……大学イモです」

「じゃあ、次は大学イモを作っておくね。イアンがいちばんおいしいって言ってくれたから」

イアンはボキのおかげで、急に作文教室が好きになる。

全員書き終えると、次は朗読の時間だ。かくれんぼをしていた子供たちは、汗だくの顔で机の周りに座る。トップバッターは九歳のイワだ。イワは照れくささと闘いながら自分の書いたものを読みはじめた。

生まれてきてよかったのは、しあわせな気もちをかんじられることだ。たとえば、お母さんにだっこされるとき、学校に行くとき、作文教室のときに、わたしはしあわせな気もちになる。そんなときは、わたしを生んで育ててくれたお母さんとお父さんにかんしゃの気もちでいっぱいだ。いやな気もちになることもよくある。たとえば、お母さんにおこられたとき、友だちとけんかしたとき、友だちの前ではじをかいたときなどだ。そんなときは心の中で「わたしはどうして生まれてきたんだろう」と思う。生まれてきてよかったと思うこともあるし、かなしいこともある。生まれたしゅんかんのことはおぼえていないけど、ふしぎなかんじがしてとまどっただろうなと思う。もしかしたら、しあわせな気もちだったかもしれない。こんなことを考えることができるのも、生まれてきたからだ。もう一度生まれかわれるなら、またわたしに生まれたい。わたしのことがきらいなときもあるけれど、わたしをすきという気もちの方が大きいから。

キッチンで皿を洗いながらイワの朗読を聞いているうちに、ボキの目から思わず涙がこぼれた。なぜだかわからないけれど、泣けてきたのだ。子供たちのうちの一人がスラに教える。

「ボキさんが泣いてる」

イワはびっくりする。ボキさんが泣くなんておかしい。ボキは何でもないから気にしないでと手を振りながらも、ずっと涙をぬぐっている。スラがイワに言う。

「あなたがあまりにも美しい文章を書いたからだよ」

有名作家の生活などこれっぽっちもうらやましくないが、ボキは実感する。書くことの世界がどれだけまばゆいものであるかを。これからもずっと、子供たちのそばでおやつを作ってあげたい。ボキはそう思う。

去年の暮れにボキは、「フリマサイトのニンジン市場が選ぶ今年の人物」に選ばれた。それは一人や二人ではなかった。選定基準がとても甘かったからだ。大甘な基準により、何千人もの会員が同じ内容の受賞祝いメッセージを受け取ったが、そんな事実を知る由もないボキはその年を特別な年として記憶することとなった。ちょうど娘の出版社が「出版人が選ぶ今年のルーキー出版社」に選ばれ、息子のロックバンドは「EBSが選ぶ今年のハロールーキー」に選ばれたところだった。

子供たちの受賞にボキは、誇らしさよりも心配が先立った。人気もうわさも蜃気楼みたいなもので、それよりも大切なのは、食べて、排せつし、寝ることをくり返す健康な日常だけだと信じているからだ。過労の娘は手足がどんどん冷たくなり、繊細な息子は夜も眠れない。冬のある日、薬でも煎じて飲ませないといけないと思っていた矢先に「ニンジン！」とスマホの通知音が鳴った。画面を開くと、華やかなメッセージがボキを歓迎した。

「いつも最高の取引をされているボキボキ様。おめでとうございます！　あなたは、ニンジン市場の今年の人物に選ばれました。いつも温かい気持ちを忘れずに取引されているボキボキさんは本当にすてきです。来年も、さらに温かい姿を見せてくださることを期待しています」

戸惑いながらも感激した。せっせと中古取引をしただけなのに、今年の人物に選ばれるなんて……。何かとラッキーな年だとボキは思った。受賞の感想なんて面映ゆいけれど、どうしても何かひとことをと言われたら、使っていたものを有効にリユースできるようにしてくれたニンジン市場と会員の皆さんに感謝を伝えたいと思った。取引後、ボキについて良い口コミを残してくれた数多くの会員の顔が次々と浮かんだ。家族のトークルームでこのニュースを知らせると、ウンイから短い返信があった。

「おめでとうございます」

そう無味乾燥に答えたウンイは、たまにボキの使いでニンジン市場での取引を手伝っていた。何時までにどこどこに行って品物を受け取り、いくら渡してくるようにとボキが指令を出すたびに、ウンイは少し面倒くさそうに家を出た。約束の場所に行くと、知らない男性がウンイと同じような表情で立っていた。男性の手には、おそらく妻に持たされたのだろうと思われる紙袋があった。ウンイは男性とぎこちなく挨拶を交わし、商品を受け取ってお金を渡した。ウンイも彼らも、紙袋に何が入っているのか知らないことが多かった。互いに妻の使いを受動的にこなすだけだった。

そうして手に入れたものがボキの暮らしを支えた。鉢植え、皿、ティーカップ、一度だけ使った香辛料、少し使用感のあるシャツ、一度だけしか着ていないコートなどさまざまだった。新品で買うと二、三倍はする高いものばかりだ。古着屋の仕事を長くしていたボキはなかなかの目利きで、いいものを安く購入した。もちろん、自分が使っていたものをきれいに手入れして安く売ったりもした。使い古したものでも、そう見えないようによく洗ってきれいに梱包するのは取引の基本だった。

ある会員は、たった六千ウォンのシャツを紙袋に入れ、家にあるみかんやチョコレートをたくさんおまけしてくれたりもした。ボキが見たところ、ニンジン市場には親切な女性が多かった。若い女性であれ、ボキと同年代のおばさんであれ、欲をかかず、誠意を持って取引している。チャットで彼女たちはお互いを「ニンジンさん」と呼んだ。最初はぎこちなかったが、ボキも次第にその呼び名に慣れていった。

過去二年の間にボキは、ニンジン市場で計百三十人の会員と取引をした。そのうちのなんと百二十九人が、ボキとの取引について「満足」または「非常に満足」と評価した。再取引の希望率も高く、ニンジン市場のアプリが分析したボキのマナー温度は、五十度近くもある。マナーに関する項目でも、まんべんなく良い評価を得た。「返信が早い」、「時間を守る」、「約束をきちんと守ってくれる」、「良い商品を安く販売してくれる」、「商品の状態が説明通りだった」。ひとことで言うなら、中古取引における重要な美徳をあまねく備えたニンジンさんだった。

しかし、驚くべきことに、そんな立派なニンジンさんがボキ以外にもたくさんいたのだ。そうしてボキは数千人の女性と一緒に今年の人物に選ばれた。彼女たちの受賞の感想をすべて聞くことができたなら、数多くの夫たちにも栄誉が与えられたことだろう。物を大切に使い、分かち合い、交換し、再利用するすばらしい女性たちの間を喜んで行き来してくれた男性たちに。

ある日、ウンイは忙しくてボキのお使いができなかった。そのためボキは、久しぶりに直接取引に出向くことになった。一万ウォンの春のワンピースを買うことにした日の午後だった。ボキの基準では、ニンジン市場での取引で一万ウォンはとても大きな金額だが、それほど気に入ったワンピースだった。ワンピースの売り主が隣町に住んでいるというので、ボキは車を走らせた。すると、すぐに小雨がぱらつきはじめた。待ち合わせの農協がある交差点近くに車を止めてニンジンさんを探すと、紙袋を持った若い女性が農協の前でボキを待っていた。ボキは彼女のほうに足早に駆け寄り、慎重に尋ねた。

「もしかして……ニンジン……」

予想通り、その女性はニンジンさんで、ボキとニンジンさんは挨拶を交わした。ボキの目には、ニンジンさんは自分の娘と同じぐらいの年齢に見えた。紙袋に入ったピンクのロングワンピースについて、ニンジンさんが詳しく説明してくれた。ウエストの紐はこのように結んでください、ここのところに少しキズがあってごめんなさい、もしサイズが合わなかったら言ってくださいと。ボキは全然大丈夫です、ありがとうございますと答えた。紙袋を受け取り、あとは一万ウォンをニンジンさんに渡すだけだった。

ところが、しまった！　財布がない。またどこかに忘れてきたのだ。ボキは毎度おなじみの自責の念に襲われ、心の中で叫んだ。

（あたしはボキが本当に嫌いだ！）

ボキはニンジンさんの手を握った。うれしかったり、ありがたかったり、申し訳ないときは、まず手を握るのがボキの癖だ。本当に申し訳ない、財布を家に忘れてきたようだ、今すぐ夫に電話して口座にお金を振り込むようにすると言った。ボキはスマホで送金する方法を知らなかった。ニンジンさんはわかりました、お待ちしますと親切に答えた。ボキは焦った顔でウンイにメッセージを送り、電話をかけた。

「ねえ、今カカオトークで送った口座に一万ウォンを送ってくれない？」

電話の向こうのウンイは、とてもうるさくて忙しい現場にいるようだ。

「何だって？」

「一万ウォン振り込んで……」

「もっと大きな声で言ってくれ。聞こえないよ！」

ボキは、日に日に耳が遠くなるウンイを恨みながら力を込めて言った。

「ニンジンの取引相手に一万ウォンを振り込んでほしいの！」

ウンイは、今度はきちんと聞き取って電話を切った。これでボキとニンジンさんは、ウンイの送金を待つだけだ。

突然大雨が降り出した。二人は雨を避けるためにATMコーナーに入る。狭くて静かなそこで二人は、窓の外に降り注ぐ雨を眺めた。共通点は紙袋に入ったワンピースだけだから最初はぎこちなかったが、すぐにあれこれ話しはじめた。

ニンジンさんは、出版団地の中にある出版社で働いていると自己紹介した。ボキは思わず「出版社の仕事は大変ですよね」と口にしていた。ニンジンさんは迷わず「ええ」と答えたあと、しばらくして聞き返した。

「大変だって、どうしてご存じなんですか」

ボキは戸惑った。

（出版社について知ったかぶりをするなんて！　よく知りもしないのに、なんて私はバカなんだ）

そう思いながら、きまり悪そうに答える。

「実は私も……、小さな出版社に勤めているんです」

すると、ニンジンさんの顔に大きな好奇心が浮かんだ。

「本当ですか？　どこの出版社ですか？」

ボキは少し困った。自分のことを本気で紹介する気はなかったからだ。

「小さいところですよ」とはぐらかしたが、ニンジンさんの関心はどんどん高まっていくようだ。

「どこの出版社か、すごく気になります」

ボキは今日に限ってなかなか送金してくれないウンイを恨んだ。出版社の名前だけは適当にごまかそうとするが、ごまかそうとすればするほど怪しくなるだけだ。ニンジンさんがまた聞いた。

「その出版社では、どんな本を出されてるんですか？」

ボキが答えをためらっていると、ニンジンさんとボキの間に気まずい沈黙が流れる。その気まずい空気に耐えられなくなったボキがついに口を開いた。

「言ってもご存じないかもしれないけど……、ひょっとして、日刊イ・ス……」

「え？」

ニンジンさんが衝撃的な表情を浮かべて叫んだので、ボキは逆にびっくりして言葉を失った。

「もしかして……昼寝出版社に通っていらっしゃるんですか？　ということは、まさか……　ボキさん!?」

ニンジンさんは驚きのあまり、思わず手で口を塞いでいる。ボキはそう言われた瞬間から手を横に振っていた。

「いえいえ、違いますよ」

「昼寝出版社に通ってるんですよね？」

「その、昼寝出版社は合ってるんだけど……」

「ボキさんじゃないんですか？」

「違います……」

有名になるのが嫌なボキは否定し続けた。それなのに、ニンジンさんはイ・スラさんの本をすべて読み、グッズまで全部買い集めていると言いながら、愛読者としての歴史を次々と語ってくれた。

「私が知る限りでは、昼寝出版社でご両親と一緒に仕事をされてるって……。本当にボキさんじゃないんですか？」

　ボキは大きく手を振って適当なことを口走った。

「いいえ、新しく社員を一人採用したんです」

　首をかしげたニンジンさんは、納得できないという顔つきだった。そのとき、振込の通知音が鳴った。ウンイが一万ウォンを送ったのだ。ボキはもう一度ニンジンさんの手を握り、本当にありがとうございましたと言うと、急いでATMコーナーを出た。


　家に帰って試着したワンピースはボキの体にフィットした。でも、ワンピースを見るたびにATMコーナーの中でうっかり口を滑らしてしまったことを思い出すような気がする。夕食を食べながらボキは、スラに今日のニンジン取引のことを伝えた。

「どうかしてたわ。出版社の話なんか持ち出したりして……」

　スラは淡々と受け流す。

「そういうこともあるよ」

　しかし、ボキはとても後悔していた。

「ニンジンさんがあまりにも親切できれいなお嬢さんだったから、ついつい無意識のうちに武装解醒《ムジャンヘジャン》〔解醒は酔いを覚ますこと〕しちゃったのよ」

　娘が訂正する。

「武装解除《ムジャンヘジェ》でしょ」

ボキはプッと吹き出し、自分でも呆れるというように笑った。その日以来、ボキはしばらくニンジン取引に直接出かけることはしなかった。それはウンイの役目だった。

家父長の朝

五十四歳のウンイの一日は、女たちの世話をすることから始まる。早朝、彼はアラームが鳴るとすぐにベッドから降りてキッチンに向かい、一人目の女、ボキのために豆を挽いてコーヒーを淹れる。同じく五十四歳のボキは、ウンイとは違って寝起きが悪い。ウンイが持ってきてくれたコーヒーをゆっくりと飲み、目をぱちぱちさせながら今日のスケジュールを思い浮かべ、冷蔵庫に何があったっけと考える。すると突然、夕べ聞いた歌をかすれた声で口ずさむ。

「さようならなんて、とても言えないわ……まだ未練が残っているのよ……」

その間にウンイは、二人目の女であるスラに持っていくお茶を淹れる。

二十九歳のスラはカフェインに弱く、コーヒーをやめて久しい。その代わり、ヨモギ茶、ドクダミ茶、メハジキ茶、ハリギリ茶などを好んで飲むが、その日の体調によって違うお茶を要求するので、それに合わせて淹れてやらなければならない。ウンイが淹れたお茶を飲みながらスラはメールを確認し、スケジュールを整理する。そしてウンイにオーダーを出す。

昼寝出版社という小さな組織は非常に縦割りだ。スラが仕事を与え、ウンイは時間通りにその仕事を遂行する。ウンイに割り当てた業務は時間通りに遂行されているとスラは確信している。数年間、一緒に働いてきた経験から得た確信だ。もちろん、そのすべての業務は朝のティータイム以降に行われても問題ない。

ウンイが次に世話をしなければならない三番目と四番目の女《メス》は、猫の姉妹のスキとナミだ。生後一年ちょっと経った二匹の名前は「ボキ」の韻を踏んで名づけられたが、スキとナミはボキにはあまり興味がない。二匹はひたすらウンイが好きだ。ウンイに対するスキの愛情は格別だ。全身をひねってウンイの足を包み込み、満足のいく反応が返ってくるまで何食わぬ顔でじっと見つめる。スキのしぐさはまるで、窈窕《ようちょう》たる淑女という言葉がまだ有効だった時代の女のようだ。鳴き声のイントネーションも多様で、えさ、おやつの干しダラ、かまってほしい、トリミングなど、要求の種類によって抑揚を変えて鳴くことで、自分の欲望を明確に表現する。

一方、ナミは、担任の先生に淡い恋心を抱く小学生みたいに、ぎこちない態度で接する。ウンイが嫌いではないが、かといって好きでたまらないというわけでもない。それでも、ときどきウンイに何かを要求する。たとえばマグロとかだ。そんなとき、スキと違ってナミは不器用に鳴く。英語が苦手な人が英語で話すみたいに。自分には語彙が少ないのだとでもいうように。もちろん、ナミが語彙を増やす必要はまったくない。ウンイがナミの言語を学べばいいだけだ。ナミはメスらしくもオスらしくもなく、ナミを通してウンイは、ジェンダーニュートラルの一例を見る。

猫の姉妹はウンイの隣で眠り、夜明け前から起き出してウンイの起床を待つ。ウンイは目を覚ますとすぐに忙しく動くしかない。彼の甲斐甲斐しい世話を待つレディーが二人と二匹もいるのだ。ボキ、スラ、スキ、ナミの世話をしたあと、ようやく自分用のスティックコーヒーをお湯に溶かしてトイレに入り、タバコを吸いながら用を足す。それが、ウンイの日常にしっかり根づいたルーティンだ。朝早くからトラックを運転する日でない限り、必ずこのルーティンを守る。ウンイは、やるべきことを順番に終えないと落ち着かない性格だ。

ボキが感性と感覚の世界に住んでいるとしたら、ウンイは理性と秩序の世界に住んでいる。予期せぬ業務やスケジュールを乱す業務が突然追加されると、ウンイは小さなストレスを感じる。

ある月曜日の朝、ウンイはいつものように一日を始めていた。ボキのためにコーヒーを淹れ、スキとナミのために干しダラの身をほぐし、スラのためにお茶を用意し、自分のためにスティックコーヒーをかき混ぜようとしていたそのとき、上司であるスラがいつもと違う要求をしてきた。

「梅の酵素……」

それはほとんどうめき声に近かった。どうやら二日酔いらしい。スラは昨晩、友達と一緒に麻辣香鍋《マーラーシャングオ》を食べながらワインをたっぷり飲んで帰ってきた。二日酔いのときは喉の渇きとともに目覚めるものだ。いつもと違う、さっぱりした梅の酵素を要求したのもそのためだ。ウンイは上司であるスラの仰せに従いたいが、梅の酵素がどこにあるのかわからない。

「丸くて大きな甕に入ってる。家事室に行ってみて」

ボキが布団に横たわったまま梅の酵素の在りかを教える。ウンイは家事室に向かった。しかし、家事室には甕がいくつもあり、甕というのはほとんどが丸い。そして、大きいというのはとても主観的な表現だ。

「この中のどれだ」

ウンイが寝室に向かって叫ぶ。ボキはまだ寝室で横たわったまま、「いちばん大きいやつぅ」と大雑把に答える。その間にもスキとナミは早く干しダラをくれと催促する。スラはスラで、さっさと梅の酵素を持ってきてと叫んでいる。やかんのお湯はぐらぐら沸騰し、ボキのコーヒーは淹れかけだし、何よりウンイは催してきた。タバコも吸いたい。しかし、最も緊急を要するのはスラの喉の渇きを癒やすことのようだ。

ウンイは慌てていちばん大きな甕のふたを開け、お玉で中の液体をすくった。そして冷たい水を注ぎ、小走りでスラに持っていく。スラはそれをぐいっと飲み干すと、即座にうぇっと吐き出した。

「これ、梅の酵素じゃないよ……」

ボキがやってきて匂いを嗅ぐ。

「これは桃のお酒だ。この間、あたしが漬けたやつ」

ウンイは納得いかない。

「いちばん大きい甕に入ってるやつだって言ったじゃないか！」

ボキは目を泳がせて記憶をたどる。

「二番目に大きい甕だったかな……」

ボキの不明瞭な業務指示に、ウンイは絶句する。そのとき、スラがうめき声を上げた。

「朝からお酒を口に入れたから、吐きそう……」

ボキがウンイを責める。

「渡す前に味を確かめればいいでしょう。酵素なのか、酒なのか」

ウンイは腹立たしくて、何がなんだかわからない。しかも、いよいよトイレが我慢できなくなってきた。タバコも吸いたくてたまらない。なのに、スキとナミがさらに激しく干しダラをくれと鳴き立て、ボキがコーヒーはまだなのかと急かし、スラは憔悴した顔で喉が渇いて死にそうだとうめいている。

ウンイは再び急いでキッチンに向かう。肛門に力を入れて。この家ではもはや、家父長制の崩壊は公然の事実だった。

キッチンに栄光は輝くのか

ほとんどの人は本を読まなくても生きていけるし、生きていかなければならない。★ボキもそんな一人だ。彼女は高校時代以来、一冊の本を読み終えたことがない。ボキにとって本はハーゲンダッツのアイスクリームみたいなものだ。おいしいと言われているが、それを買うのは自分ではなく、自分のためのものとは思えず、食べなくても特に支障はないのでもっと安いデザートを選ぶ。あるいは、それは八千ウォンのコーヒーを出すカフェみたいなものだ。ちょっと入りづらいし、贅沢だし、恥ずかしい気もする。そこまで貧しいわけではないが、そんなカフェに気軽に出入りできるほど余裕もない。同じような理由でボキは、自分のお金で本を買わなくなってずいぶんになる。実際のところ、お金よりも時間のほうに問題がある。本というのは時間をかけなければ最後まで読めない。お金で時間を作ればいいのではという考え方もあるが、なかなかそうはいかない。ボキは長い間、人生の優先順位から本というゆとりを後回しにしてきた。

★イ・ヨンシル『エッセイの作り方』（ユユ出版社、二〇二一 未邦訳）より引用。

一方、スラは月に六十万ウォンの稼ぎしかなかった十九歳のころから毎週本を買っていた。そうして集めた本が今、スラの書斎を構成している。知らない人の話でいっぱいのスラの書斎が、ボキにはよそよそしく感じられる。ボキがよく知っていると言える作家はスラだけだ。スラが送った日刊連載の原稿を速攻で読む読者の中にはボキも含まれていて、原稿を送るとスラはタバコを吸いながら、階下の寝室からボキの笑い声が聞こえてくるかどうかをチェックする。ボキが泣いたり笑ったりしていれば、今日の文章は少なくとも平均以上だということだ。ボキが何の感動もなく読んだ場合は、そこそこの文章である確率が高い。スラはインタビューのたびに「大衆的な作家になりたいです」と答えるが、大衆という言葉を発するとき、スラが思い浮かべるのはボキの顔だ。ボキのことを忘れない限り、スラにとって大衆は決して実体のない対象ではない。

ボキの実体はひときわ生々しい。あらゆる音を出しながら生きている。彼女は水を飲む音も大きく、喉からごくごくと気持ちのいい音を立てながら水を飲む。食べ物も、もぐもぐと大きく音を立てて咀嚼し、食べる喜びが人生の楽しみであるかのように味わう。満腹で気分がいいときは、鼻歌が自動的に飛び出す。

ボキは普段からインスタント食品をあまり食べない。手づくりの家庭料理だけがきちんとした生活を作れると信じているからだ。そんなボキにもちょっと後ろめたい楽しみがある。スティックコーヒーだ。スラとウンイがタバコをやめられないように、ボキもスティックコーヒーをやめられない。なぜならスティックコーヒーは……とてもおいしいからだ。健康に良くないことを知っていてもやめられないことが人生にはあるものだ。ボキのスティックコーヒーを使ったレシピは次のとおりだ。

スティックコーヒー　一袋
お湯　半カップ
ウイスキー　半カップ

そうだ。ボキは毎朝、ウイスキー入りのコーヒーを好んで飲んでいる。ウイスキーの平均アルコール度数は四十五度だが、そんな強いお酒もコーヒーと混ぜて飲むと、なぜかお酒じゃないような気がする。ボキは、それを飲みながらゆるゆると始まる朝が好きだ。しらふのようでしらふでないような、酔拳をくり出す道士のような手つきで朝ごはんを作るのだ。甘くてほろ苦い香りの余韻を楽しみながらごはんを炊き、スープを作り、野菜を炒めていると、いつの間にか数皿の料理が出来上がっている。

「ごはんですよー」

ボキが書斎にいる上司に向かって叫ぶ。今日のごはんには自信がある。野菜で出汁を取ったほうれん草の味噌汁《テンジャンクク》ともち米玄米のごはん、ワラビのエゴマ和え、キノコのチリ炒め、庭で育てたサンチュという豪華な食卓だ。しかし、書斎からは返事がない。スラは悩ましい顔つきで原稿を書いている。

「準備ができたわよー」

ボキがもう一度声をかけると、スラは適当に答える。

「すぐ行きます」

スラのモニターには、完成度の低い文章が表示されている。今書いている段落は次のとおりだ。

> この時代の食文化はまさに総体的な難局にある。工場式の畜産によって生産される食肉、宅配の食べ物から排出される膨大な量のゴミ、ますます低くなる食料自給率……。食の問題について私たちの大半は無頓着で無能だ。栽培し、加工し、食べて、捨てることは急速に外注化されてきた。

この先がなかなか続かない。何だか窮屈な原稿だからだ。実はスラは農業をやったことも、ゴミの管理を担当したことも、台所仕事を任されたこともない。ただ肉食をやめた消費者であるだけだ。しかし、コラムの締め切りは刻一刻と迫っており、とにかく何か書いて完成させなければならない。

「スープが冷めるわよ！」

キッチンでボキが叫ぶ。それは出版社の従業員ではなく、母としての叫びだ。勤務時間中はお互いに敬意を払うのが昼寝出版社の原則だが、ときどきボキからは母のエゴが飛び出す。スラは椅子から立ち上がって文句を言う。

「何でそんなに急かすのよ。スープが冷めたってどうってことないでしょ」

ボキが母のエゴを出すと、スラも負けじと娘のエゴを出す。娘のエゴというのは、与えられても与えられてもぶつぶつ文句を言う子供の自我だ。ドンドンと階段を下りてくるスラの足音にいら立ちが感じられる。締め切りを目前に控えた作家は、それがどんな種類の催促であってもうんざりするものだ。ボキは食卓を指差して訴える。

「さっさと食べなさい」

「わかったよ」

スラは母がおかしいと思う。こんなに締め切りが迫っているんだから、ちょっとぐらいごはんを食べるのが遅れたっていいじゃない。締め切りに追われたことのない人にはわからないのだと。ため息をつきながら最初のひとさじを口にする。スープがスラの口に入っていく。少し煮えすぎているようだ。

「ほうれん草が柔らかすぎる。ぐにゃぐにゃだよ」

「あんたが遅いからでしょう。さっきはちょうどよかったのに」

「十分でそんなに変わるわけ？」

「当たり前でしょ。ほうれん草は繊細なんだから。せっかくちょうどいい具合に煮てあったのに！」

スラは何も言い返さずにほぼ食べ終わる。続いてスマホを持ったウンイが現れた。なぜそんなに遅いのだとボキが責める。

「ちょっと検索してたら……」

「食べてからにすればいいでしょ」

「すみません」

冷めた料理が三人の口に入る。静まり返った食卓だ。スラは次の文章を考え、ウンイはスマホをいじり、ボキは……ボキは、そんな二人を見つめている。自分が作った料理についてもっと話がしたいボキがまくし立てる。

「この味噌汁《テンジャンクク》はネギの根っこと大根とシイタケで出汁を取ったのよ。ワラビとエゴマはうちの母さんが育てたものでね。実家の庭の畑がどれだけよく手入れされていることか。朝早くから仕事に出かけて帰ってくるのは午後なのに、いつの間にあんなに育てたのかしらね。あたしはサンチュをたった三坪の庭で育ててるだけで、おいしい時期に収穫し損ねて、伸びきったサンチュが早く採ってくれって大騒ぎなのに。うちの母さんは本当にすごいわ」

スラが上の空でうなずき、ウンイはスマホを見ながら食べている。

ボキの口調が激しくなる。

「もう、ほんとにやりがいがないんだから！」

スラがボキを見る。

「大げさだよ。ちゃんと食べてるじゃない」

特別な話もなく食事が終わった。スラとウンイが立ち上がり、ボキは一人残ってあと片づけをする。テーブルには、ソースのついた空っぽの食器が残っていた。ボキの目には何となくそれがわびしく映る。食器をシンクに移し、汚れを水で洗い流しながら虚しさを感じた。どこかなじみのある虚無感だ。それでも、とにかく食器洗いは先延ばしにしないほうがいい。夏が近づいているから、ハエがすぐに寄ってくる。

ボキは久しぶりにかつての家長を思い出す。義父のことだ。彼が統治する家では、食事の準備と片づけはいちばん取るに足らない仕事だった。うまくこなすのが当然で、少しでも失敗すると叱られた。毎食、ボキを住み込みの家政婦のようにこき使っても、十年以上もの間に一度も賃金が支払われることはなかったし、そんなことでお金をもらっている嫁や妻をボキは見たことがなかった。その点、スラは義父とは違っていた。家事労働の対価をボキの口座に毎月きちんと振り込んでくれる家長だ。しかし……

しかし、ボキは自分でも何が言いたいのかわからない。ただ、自分の苦労が風のように飛んでいってしまうように思えた。時間をかけて用意した割に、食事はいつもあっという間に終わってしまう。一日か二日もすれば、今日の食卓のことなどスラもウンイも覚えていないだろう。自分だって忘れるに違いないし、わざわざ覚えておく必要もない。人生は前に進むのみで、食事の時間はまたすぐにやってくるのだから。ボキは次のメニューを考えながら、ふたくちほど残ったウイスキー入りのコーヒーを飲み干した。鼻がじんとして口の中が甘くなる。

スラは書斎に戻って本棚を物色する。ほかの作家が書いた文章を引用するのは、スラが原稿を書いていて迷うたびについやってしまう癖だ。本棚には世界文学全集のコーナーがある。すでに死んでしまった巨匠たちがスラに話しかけてくるようだ。と、そのとき突然、本当に話し声が聞こえてきた。

「夕飯は何にしようか」

ボキの口から甘いにおいとお酒のにおいが同時に漂う。遅い朝ごはんを食べたばかりなのに夕食のメニューを聞かれるとは。ボキのほうに顔を向けないまま、スラは答える。

「何でもいいよ」

夏の日の午後が無常に流れている。ぼんやりと書斎を眺めていたボキがつぶやいた。

「いいわね。本は一回書けば何千部も刷れるから」

スラが軽く眉をつり上げる。当たり前の話だからだ。

「お母さん、それが『印刷』ってやつだよ」

二人の間で古いレパートリーのように何度もくり返されてきた会話だ。ボキが当たり前のことをあらためて口にすると、スラはごく基本的な言葉を突きつけてからかう。その類いの会話にはこんなバージョンもある。

「どこでも何でも検索できるし、最近の世界は本当に不思議だね！」

「お母さん、それが……『インターネット』ってやつだよ」

「あんたがいつもごはんを食べてからやってるのは、手紙の返事を書くことでしょ。部屋の中にじっと座って、あんなにたくさんの手紙をやりとりできるなんて、ほんと不思議だよ！」

「お母さん、それが……『Eメール』ってやつだよ」

ともかく、それが印刷だというスラの答えはもっともだ。作家を生み出した技術の歴史は、数千年前から大きな変化を伴いながら流れてきた。スラの職業も、木版印刷術と活版印刷術とデジタル印刷術の発明によって可能になった。無《む》垢《く》浄《じょう》光《こう》大《だい》陀《だ》羅《ら》尼《に》経《きょう》〔一九六六年に韓国の慶州（キョンジュ）にある仏国寺（プルグクサ）で発見された経典。作られた年（七五六年ごろ）が特定されている現存の木版印刷物の中では最古のものとされている〕も直《ちょく》指《し》心《しん》体《たい》要《よう》節《せっ》〔一三七七年に清州（チョンジュ）の興徳寺（フンドクサ）で刊行された仏教書。世界最古の金属活字本とされている〕もグーテンベルク革命〔一四五〇年ごろ、ドイツの金細工師で印刷業者のヨハネス・グーテンベルクが開発した活版印刷術によってもたらされた印刷革命〕も、重要な情報を一気に広めたいという欲望から出発したはずだ。おかげで、物語を作る人たちの功績を何度でも複写することができるようになった。一度書かれたすばらしい物語は、一日二日経ってもハエはたからない。何百年経っても生命力を失わないような作品が、スラの書斎に並べられている。

しかしそれは、ボキの世界では決して当たり前の話ではない。

「ごはんは本みたいにコピーできない。毎回、全部用意しなきゃならないのよ。遅い朝ごはんを食べてあと片づけを済ませてふと気づいたら、もう夕食を作る時間で」

スラはやっとボキのほうを振り返る。

こんな想像をしてみることにする。一日二編ずつ原稿を書いて、それを三人だけに見せることができたらどうだろうかと。

三人の読者がテーブルに集まって座って原稿を読む。ニヤニヤすることも、目を潤ませることも、何の反応もないこともあるだろう。読み終わると、読者はテーブルを離れ、書き手は一人残って原稿を片づける。そのテーブルの上に置かれた原稿の内容はいつまで記憶されるだろうか。すぐに次の原稿を用意しなければならず、そのような労働が一日に二回、ひたすらくり返されるとしたら。

それでもスラは作家でいられただろうか。虚無感に耐えてそれをくり返すことができたろうか。皿洗いを終えたシンクのようにまっさらの画面に向かっていても、毎回新しいエピソードを書く力がわいてきただろうか。たった数人のために、本当にそうできただろうか。それはわからない。確かなのは、ボキが四十年間続けてきた家事が、それと似たような労働だということだ。

あらためてスラは申し訳ない気持ちになる。いや、申し訳なさよりもきまり悪さが先に立った。愛する人にごめんなさいと言うのは、ときにとても難しいことだ。愛する人に愛してると言うのと同じぐらい。

ボキは赤くなった顔で書斎の壁に寄りかかっている。少し酔っているようだ。スラはむやみに社長のエゴをむき出しにして言う。

「勤務中に飲酒されたんですね」

ボキがカップを掲げて無実を主張する。

「スティックコーヒーに混ぜて飲むとあまり酔わないんです」

そんなはずはない。それでもスラはうなずく。

「コーヒーとウイスキーは、会社のカードで買ってください」

同情は無用だというようにボキが答える。

「結構です。自分の給料で買いますから」

スラは何と言えばいいのか迷いながら、世界文学全集のコーナーから一冊の本を取り出した。ラウラ・エスキヴェルの小説だ。

「この本を読んでみて。お母さんみたいな主人公が出てくるから」

ボキが受け取る。

「『甘くて苦いチョコレート★』? チョコレート作りの話?」

「ごはんを作る話です」

スラは、ごめんなさいの気持ちをそんなふうに表現する。ボキは、まるで隣に引っ越してきた女性のことを探るようにそっと本を開く。物語の始まりはこうだ。

玉葱《たまねぎ》はみじん切りにする。切るさまたげになる涙を抑えるには頭の上に玉葱を一切れのせるとよい。

ボキは俄然、興味がわいてくる。開いた本を手に持ったままリクライニングチェアに座った。スラの読書専用椅子だ。ボキは書斎に何度も出入りしているが、そこに座るのは初めてだ。スラがちらりと見ると、ボキは続きを読んでいる。

玉葱で涙を流すように、ティタはときどきたいした理由もないのに泣きだした。しかし、ナチャもティタも深刻に考えなかった。ティタの涙は二人に楽しいひときを与えてくれさえした。小さい頃、ティタは悲しい涙と笑いの涙を混同していた。泣くのは喜びを表現する方法だとティタは思っていた。

「これ、よくわかるわぁ」

★邦訳は『赤い薔薇ソースの伝説』(西村英一郎訳、世界文化社、一九九三)。

本を読んでいたボキが声に出してあいづちを打つ。ボキは長い間、喜びと悲しみがまるでパン生地みたいに絡み合っているように感じていた。玉ねぎを刻みながら泣いたり笑ったりする二人の少女の姿は、ボキにとって少しも不自然ではなかった。刺激的なにおいのする玉ねぎのそばならなおさらそうだろう。ボキは嗅覚が発達した読者だ。スラが何気なく渡した本から文学の香りを嗅ぎ取ってしまう。

数ページほどすらすらと読んでいたボキがプッと吹き出す。生きる楽しさと食べる楽しさを混同している主人公ティタの姿が、まるで自分のようだからだ。

ティタもボキも台所で人生を学んだ。ボキは小学二年生のころから家族の食事を担当していた。ボキの家庭は、叩き売りの果物もたまにしか買うことができないほど貧しかった。ボキの母のジョンジャはよくこう言っていた。虫食いのある果物ばかり食べさせたから、ボキは背が小さいのだと。しかし、幼いボキにとって虫食いのある果物はただただ甘くておいしいものだった。ゴマ油が貴重で、一滴しか入れられなかったキムチ炒めもおいしかった。不十分な材料でどうにかおいしく仕上げることに彼女は慣れていた。

小説の中のティタもそういうタイプの人間だった。ある日、ティタの食料貯蔵庫がほとんど空っぽになってしまった。残っているのは、トウモロコシとしなびた豆、そして唐辛子だけだ。ティタは知っている。少し手間をかけて想像力を働かせれば、立派な料理ができることを。何の変哲もないキッチンですばらしい唐辛子料理をてきぱきと作り上げるティタの物語を読みながら、ボキは独りつぶやいた。

「この子、天才ね」

その瞬間、ボキの頭に祖母の顔が浮かんだ。生前、ボキのことを天才だといつも言っていた祖母。

ボキは幼いころから大人数の食事を作るのに相当な腕前を発揮した。誰に教わったわけでもなく、台所に行って見よう見まねで要領よく覚えた。そんなことを才能だと思ったことはなかったが、ボキの祖母のスンナムはそんな孫娘を近所の人に自慢した。

「うちのボキは、うんこも捨てるのがもったいない子なんだよ」

幼いボキはその言葉が恥ずかしかった。そんなふうに自慢する必要はないんじゃないかと。でも、今ならわかる。あの貧しい家の台所で働きながら、自分がどれだけ大切にされていたかということを。祖母は家族にこう頼んだ。ボキは料理が上手だから、畑に出さないでと。末娘のティタと同様、ボキも台所の全権を小学生のころから握っていた。

スラは、本に没頭しているボキに説明をつけ足したくなる。

「お母さん、それはとても有名な南米の小説なんだよ。南米文学の特徴は、マジックリアリズムなんだけど……」

ボキは、邪魔しないでよという顔をして本から顔を離す。

「何リアリズム?」

「マジックリアリズム……。まさに魔法のようでありながらリアルな作風のことで、いったいどうしてそんなことが可能なんだろうと思うほど魔法みたいなことが説明もなく、当たり前のように展開する。幻想的な出来事も、すごく現実的な出来事のように描写されててね」

「何言ってんだか……」

「たとえば、ティタはからっと揚げられていくドーナツのように恋に落ちる。それから、悲しみに沈んだティタがケーキを作るんだけど、それを食べたお客さんたち全員にその悲しみが伝染してしまうんだ。誇張表現があちこちで乱発されてるってわけ」

スラの長ったらしい説明にボキが反論する。

「それは誇張じゃなくてほんとのことよ。私にはそれがわかる」

するとスラは口を閉ざす。ボキと違って、それが何なのかわからないからだ。

スラが『甘くて苦いチョコレート』を読んだのは、大学の文学の講義でだった。男性中心の文学の中で疎外されていたキッチンと料理という素材を前面に押し出した小説だと教授は説明した。しかし、今となっては疑問だ。それは単に男性中心の文学の問題なのだろうか。スラは女性なのに、ボキのキッチンと料理を疎外していたのではないだろうか。

多くの祖父たちのように。父たちのように。

スラの祖父はいつもそれに失敗した。台所仕事をする人を大切にすることに、いつも失敗していた。ボキが作った料理を毎日食べていたにもかかわらず。スラは、自分が家父長の失敗をくり返していたことに気づく。

その間にボキは、集中して本を読み終える。小説はボキの目と鼻と口を通して、ほぼ正確に理解されていた。まさにこの読者に会うために数百年を生き延びてきたかのように、小説はボキの手元で栄光を享受する。

日が暮れる。スラは書いていた文章をのろのろと完成させ、送信した。同じ部屋の中で、ボキは小説の最後のページを閉じる。『甘くて苦いチョコレート』は、ボキが高校を卒業して以来初めて完読した小説となった。本を読むのに午後をすべて費やすなんて、とボキは自分自身に驚く。そして本というものに驚く。

「本ってやっぱりすばらしいね」

その事実を長い間忘れていたかのように、ボキがつぶやく。ボキの頭の中に鮮やかに、小説の中の文章が蘇る。

「ティタのおばあちゃんがこう言うんだけど、私たちは皆、心の中にマッチ箱を一つずつ持って生まれてくるんだって。でも、一人ではマッチに火をつけることができないってね」

「そうそう。ろうそくの火は結局、他人だって話だったよね？」

「うん。一人でめらめら燃えることのできる人は少ない」

「そうだね」

「誰も読んでくれないとわかってて、原稿が書ける？」

「ううん」

「あたしだって同じよ」

ボキは自分を少し理解して、つまり自分と少し近づいた状態で書斎を出る。書斎を出てキッチンに行く。夕食を作る時間だ。ほとんどの人は本を読まなくても生きていけるし、生きていかなければならないけれど、ごはんはそうはいかないからだ。にもかかわらず、一食の食事は一編の文章ほどありがたく思ってもらえないことがある。だけど、キッチンについての文章だけで満たされた本もあることを、今日のボキは知っている。自分に似た女の子が、来る日も来る日も料理をする小説がどれほどエキサイティングで、エロティックで、マジカルで、輝かしいものであるかということも。

キッチンの包丁の音と食器の音に耳を傾けながら、スラは次の原稿を書きはじめる。タイトルは「甘くて苦いミックスコーヒー」。最初の段落は次のとおりだ。

キッチンは彼女を裏切らない。彼女がキッチンを裏切ったことがないように。生きることが花のように美しい日も、散々な目に遭った日も、彼女は一杯のスティックコーヒーにウイスキーを混ぜる。甘くて苦いそれをちびちび飲みながらカウンターに寄りかかる。すると、キッチンの話しかける声が聞こえてくる。

ボキに対するスラのマジックリアリズムが始まっていた。もしかしたら傑作原稿になるかもしれないが、ごはんができたよというボキの声が聞こえたら、いつでも書くのを止めて下りていくつもりだ。

他人《ひと》の乳首に構うな

巨大な放送局の正門の前に一台の車が現れる。そっと速度を落として車を止めたのは、昼寝出版社のまじめな従業員、ウンイだ。車から降りる家女長の姿は凛々しい。

ウンイが車の中からスラを見送る。

「行ってらっしゃいませ。地下で待ってますよ」

スラがクレジットカードを渡す。

「お腹が空いたら、うどんでも食べてください」

「ありがとうございます」

ウンイが窓を閉める。放送局の中へ颯爽と入っていくスラの黒髪がゆらゆらと揺れていた。

控え室に着くと、担当の放送作家が待っていた。スラがパネリストとして出演する番組の撮影初日だ。作家がスラに聞く。

「メイクはされますか？」

スラはしばし悩む。

「このままで大丈夫です」

化粧をしなくたって、ものすごくイケている。もちろん、化粧をしてもイケてるのには変わりないけど、今日はしたくない。スラは、放送局スタイルのメイクは少しバカみたいだと思っている。みんな似たような顔になってしまうからだ。スラは目を大きく見せたいとは思っていない。そばかすが消えたり、鼻が高くなったり、顎のラインがシャープになったりすることも望んでいない。唯一、好きな色の口紅を塗るときだけはいつもわくわくする。

日焼け止めと口紅を塗ったスラは台本に目を通す。控え室に別の人たちが入ってきた。男性小説家が一人と女性映画監督が一人。スラと一緒に出演する人たちだ。初対面の三人は互いに挨拶を交わす。スラは男性小説家が書いた本を一冊、面白く読んだことがある。一方、女性監督が作った映画はすべて欠かさず見た。三人は読書推奨番組の共同パネリストとして、適切で楽しくて有意義な話をする予定だった。

生放送開始まであと三十分。リハーサルが始まるという。スタジオに向かうと、男性MCが司会者席で待っていた。四人は挨拶を交わし、それぞれの席に着く。スラの席は小説家と映画監督の間だ。スタジオのソファの真ん中に座り、ピンマイクを渡される。スラのマイク装着を手伝っていた女性スタッフの手が止まった。

「どうしたんですか?」

スラが聞くと、スタッフは困った様子で「ちょっと待ってください」と言って去っていく。

小説家と映画監督は問題なくマイクを装着したようだ。スラはマイクが来るのを待っていた。さっきのスタッフが、セットの隅で何人かと話をしている。表情が固まっているところを見ると、どうやら深刻なようだ。

控え室で会った担当作家が再び現れた。作家は女性で、同じ女性としてこっそりアドバイスするかのようにスラにささやく。

「あのう、下着を……着用していただけないかと……」

スラは自分のパンティーの色を思い浮かべる。

「下着ですか？」

「ええ……その……ブラジャーを……」

「あっ！」

パンティーではなくブラジャーだった。ああ、またか。スラはいつものもどかしさを抑えて冷静に尋ねる。

「ブラジャーを着けろって言ったのは、どなたでしょうか」

担当作家は困ったようにＰ《プロデューサー》のほうを見る。

「私が直接話します」

スラがＰにずんずん近づく。カメラの後ろにいたＰは足早に近づいてくるスラを見ながら頭を掻く。Ｐは男性だ。彼の前に立ったスラが挨拶した。

「こんにちは、Ｐさん」

「ああ、こんにちは」

「ブラジャーについて、注意されたと聞きました」

「ええ、その……」

「何か問題がありますか」

「どうしてもその……明るいトーンの服を着ていらっしゃるので……」

スラが今日着てきたのはクリーム色のシャツだ。きちんとしたトップスで、特に透ける素材ではない。スラが男性小説家を指差して聞く。

「あの人の服のほうが明るくないですか？」

ソファに座っている男性小説家に全員の視線が集まる。彼は真っ白なＴシャツを着ているが、彼の乳首は何の問題にもならない。男の乳首を問題視することなんて、まずないだろう。夏の日に、学校の校庭でシャツを脱いで水浴びしているのは男子ばかりだった。

Ｐは困ったように言う。

「イ・スラさんは女性なので……」

　スラは、こんな会話には国民体操〔日本のラジオ体操のようなもの〕と同じくらい慣れている。それはそうと、Ｐは、むにゃむにゃ言って最後まできちんと話さないのが癖らしい。スラがＰの口調を真似して聞き返す。

「女性なので？」

「このままだと……視聴者に不快に思われるかもしれず……」

「そうですか」と答えながらスラは、そんなの知ったことじゃないと思う。次第にスタジオの人たちの視線がスラとＰに集まる。スラは簡単に引き下がるつもりはない。

「ブラジャーを着けるかどうかは私の勝手だと思うのですが、Ｐさんのお考えはどうですか？」

　Ｐは頭を掻きながら答える。

「そのとおりです。ですが、これは私の一存で決められることではないので……」

「では、誰が決めるんでしょうか」

「やっぱり……上層部が承認しないことには」

　スラは、自分の乳首が承認の対象だというのがおかしくて吹き出してしまう。皆がそれを見守っている。笑いの裏でため息が漏れる。たかだかM&M'Sのチョコレート一粒ほどの乳首のことで、そんなに騒がなくてもいいではないか。近くでよく見なければ、ほとんど気づきもしないのに。もちろん、ぶどうやサクランボほどの乳首でも問題ないだろう。

ため息をつきながらスラは、会ったことのない上層部の人たちの顔を想像してみる。Pは部長を言い訳にノーブラに反対している。部長は自分の上司である局長を言い訳に反対するだろう。局長は社長を言い訳にするだろうし、社長は……、社長はどんな上司を言い訳にするだろうか。上司の上司の上司とたどって空の果てまで行けば誰がいるのだろう。社長がキリスト教徒なら神様がいるだろう。仏教徒なら仏様がいるかもしれない。神様と仏様はブラジャーなんて一度も着けたことがないだろうに、これがどれほどバカげたシチュエーションか、わかるはずもない。ひょっとして、聖母マリアはブラジャーをしていただろうか。どうかそうでないことをスラは願う。

上層部と視聴者の話をPは続けている。

「不快に思われる方がたくさんいます。国民感情上、問題になる可能性があるので……」

国民感情は誰が決めるのか。スラも国民だが、他人《ひと》の乳首に興味はない。

「出演者が不快なのは問題にならないんでしょうか？　あなたも乳首がありますよね。私の乳首だけ隠さなければならない理由は何なんでしょう。乳首が丸見えの服を着ているわけでもないじゃないですか」

二人がもめている間に生放送の開始時間が迫ってきた。作家やスタッフは焦っている。

「あと五分です……」

Pを急かしているようでいて、みんなスラを見つめている。恨みの混じった視線だ。スラがちょっと譲歩すればすべて解決だ。みんなそうしているのに、なぜスラはここにきて意地を張っているのか。ソファに座っていた女性監督がスラに近づいてたしなめる。

「言いたいことはわかる。私もたくさん経験してきた。でも、ここは闘うのに適した場所じゃない。闘うのは今度にしたほうがいいわ」

女性監督の言葉を連帯と考えることもできるだろう。しかし、闘うのに適した場所とはいったいどこなのだろう。今度とはいつなのか。

スラもわかっている。ここまできたら素直にブラジャーをしたほうが楽だし、説得するよりそのほうが簡単だ。

こんな状況に備えて、いつも持ち歩いているものがある。ニップレス。つまり、乳首を隠す目的で作られたシールだ。ひどく厄介な状況では、これを使わざるを得ない。最後に使ったのは去年の秋夕のときだった。ブラジャーよりも祖父の小言が不快で煩わしかったので、両胸に貼った。ニップレスはほとんどが花形だ。スラは、乳首にシールを貼らなければならないという事実もクソみたいに思えたが、それが花形だという事実もバカバカしいことこのうえなかった。数時間貼ってから剥がすと、花の形に赤い跡がついていた。

「胸を目立たないようにすればいいんですね。わかりました」

そう言って後ろを向いたスラに向かって、Pが感謝を述べる。Pと作家たちが目を合わせ、やれやれと首を振る。生放送開始三分前だ。

スタジオの壁の裏でスラはポーチを開け、ニップレスを取り出した。隣に人がいないのを確認すると、シャツのボタンを外す。

「二分前です！」

スラは、ねばねばするニップレスを手に持っている。あとは貼るだけだ。貼ったあと、マイクを装着して放送に臨めばいい。しかし、スラは突然考え込む。

(これを貼らなきゃ、どうだっていうのよ。ええい、ちくしょう)

それはスラにもわからない。韓国でノーブラでテレビに出演した女性を一人しか見たことがないからだ。その女性は大変な目に遭った。そのあと、スラは何度もそのことを思い返した。その女性が変わり者みたいに扱われるのが耐えられなかった。

「一分前です！」

壁の向こうから催促の声が聞こえてくる。スラは両手でニップレスをぐしゃぐしゃにし、ギュッと丸めてズボンのポケットに突っ込んだ。

スタジオの真ん中まで行って座ったスラの呼吸は落ち着いていた。

そうして生放送が始まった。

二時間後、うどんでお腹を満たしたウンイが再び放送局の正門前に現れ、スラの仕事が終わるのを待っていた。スラはさっきと同じように颯爽と正門から出てきた。助手席に座ったスラにウンイが尋ねる。

「撮影はどうでしたか？」

スラは淡々と答える。

「来週からは来なくていいそうです」

「レギュラーじゃなかったんですか？」

「クビになりました」

ウンイは黙って車を運転する。片手でハンドルを握り、もう片方の手でスラのタバコに火をつける。事情はわからないが、こうつぶやいた。

「放送局の奴らがバカなんだ」

スラがうなずく。

「大丈夫です。あの人たちはすぐに淘汰されるはずだから」

するとウンイの頭の中に絶滅した生物たちが浮かぶ。スラは窓を開けた。湿った重い空気が車の中に入ってくる。

「暑いね。みんなが見てる前で思いきり水浴びしたいな」

一度もやったことのないそれを思いながら、スラは放送局から悠々と離れていく。

困惑する家父長

「今日は少し早く上がってもよろしいでしょうか」

ウンイがスラの書斎をひょこっと覗き込み、丁重に断りを入れる。スラは原稿を書く手を止めて時計を見た。午後五時だ。

「何の用ですか」

「同窓会があるんです」

すでに出かける準備はできているようだ。スラがいくつかチェックする。

「掃除機はかけましたか」

「はい」

「モップがけは？」

「やりました」

「猫のフンは？」

「片づけました」

「庭はどうですか？」

「草刈り、水やり、ゴミ捨ても全部済ませました」

「郵便物の整理も終わってますね？」

「もちろんです」

スラが軽くうなずく。

「ごくろうさまでした」

「ありがとうございます」

ウンイの早退が確定すると、スラが聞く。

「車で出かけるんですか？」

「いいえ。あとで代行ドライバーを呼ばないといけなくなるので、バスで行きます」

「暑いのに、タクシーで行ってください」

ウンイは淡々と答える。

「俺は社長みたいにお金持ちじゃないから」

スラも同情せずに送り出す。

「それもそうですね。楽しんできてください」

ウンイはバスに乗って約束の場所へ向かう。


誰もが忘れているが、ウンイはかつて文学青年だった。文学青年という言葉が嘲笑の意を含まずに使われていた時代の文学青年だ。ウンイも自分の文学青年時代を忘れて暮らしているが、同窓生から連絡が来ると思い出す。

高校時代にウンイが選んだのは新聞部だった。ウンイは男子高の新聞部の取材記者として、短い記事を学校新聞に書いていた。ネタはどれも似たりよったりで、英語の先生が男の子を産んだとか、卒業生から寄付金が贈られたといったニュースだった。新聞部の部室にはいつもバットが置いてあった。それは三年生が一年生を殴るときに使われるもので、記事が書けないと殴られ、誤字があっても殴られ、集まりに遅れても殴られた。

自分が先輩になったときはバットを使わなかったと、ウンイはスラに言っていた。たったそれだけのことが自慢になるのかとスラは思ったが、当時のウンイにとって、バットを手にしないことはかなり大きな勇気と覚悟のいることだった。

今はもうそんなクラブ活動は存在しないが、今でも同窓会は開かれる。卒業して三十年以上経ったのに、年に一度集まって世間話をするのだ。バスを降りて飲み屋に入ると、殴ったり殴られたりしたかつての男子高校生たちが、すっかりおじさんになって集まっていた。

古い中華料理店の円形テーブルの上に置かれた料理と高粱酒《コーリャンシュ》を囲んで、おじさんたちは談笑する。同じぐらいの年齢でも、四十代後半に見える人もいれば、六十代前半に見える人もいる。ある人はたっぷり稼ぎ、ある人はお粥をすすってつましく暮らしているが、みんな似たような思い出を抱えていてそれに浸っている。顔の広いサンミョンが一つニュースを持ち出した。

「数学の先生が亡くなったの、知ってるか」

「そうなのか」

「俺は葬式にも行ってきた」

「あの先生には、ほんとにひどい目に遭わされた……居眠りしてどれだけこっぴどく叩かれたか」

「知ってるさ。俺もめちゃくちゃ叩かれたからな」

ウンイも数学の時間によく居眠りする高校生だった。窓際の席に座ると、春風にカーテンが揺れていた。そよ風に吹かれてカーテンの裾に腕をくすぐられると、眠気が襲ってくる。うとうとしていると突然、頬を叩かれて目が覚めるという毎日だった。

ウンイは三十年前の教室を思い出しながら、同窓生たちの話を静かに聞いていた。みんなにぎやかに話している。

「俺は数学の先生より、クァンソプ兄さんのほうが嫌いだった」

「そうだな、クァンソプはほんとに常軌を逸してた」

「クァンソプ兄さんに殴られるのが怖くて、新聞部を辞めることもできなかったよ」

「何であいつは、あんなに後輩を殴ったんだ、クソ野郎め」

「知るかよ」

クァンソプを罵倒するミンシクにヨンチョルが指摘する。

「おい、お前だって後輩を殴ってただろ」

ミンシクは毅然とした態度で答える。

「それはあいつらの基本がなってないからだ」

何人かが、ミンシクがバットを振り回していた姿を思い出して笑う。

「こいつ、規律を正すんだってやたらと張り切ってたな」

「覚えてるよ。腕立て伏せの姿勢を長いことさせたりして、ひどいもんだった」

ミンシクが抗弁する。

「最低限の常識は教えるべきだろう?」

隣にいたチャンヨンがミンシクの味方をする。

「俺は同感だ。殴られなきゃわからない奴もいるからな」

ウンイは笑いながら酒をちびちび飲む。過ぎ去った暴力というのは、ハツの焼き鳥三、四本分ほどの酒の肴になる。

話題が家族の話に移ると、サンミョンが愚痴をこぼす。

「うちの女房ときたら、俺が皿洗いをするたびに小言を言うんだぜ」

「何で？」

「そんなんじゃダメだ。もっときれいにしろって」

「奥さん、几帳面だな」

「そうじゃないさ、八つ当たりだよ。家事を手伝ってやってもそんな調子なんだから。手伝う気が失せちまう」

　サンミョンのイライラを黙って聞いていたウンイがそっと口を挟む。

「お前って、そういう奴なのか？　洗い終わった食器に唐辛子の粉がついてるような」

　サンミョンがはぐらかしながら答える。

「そういうわけじゃないけど……とにかく女房とは何も一緒にできないよ」

　ウンイはもうひとこと言いたかった。皿洗いっていうのは、キュキュッと音が出るまでしなければならないのだということを。ソースや油分が残らないように。それは、ウンイにとって些細な問題ではない。家事に関してウンイは、補助者ではなく責任者だからだ。

　そのとき、チャンヨンがウンイに聞いた。

「それは刺青か？」

ウンイは自分の両袖をさっとまくりながら答える。

「ああ、これ。ちょっと前に入れたんだ」

袖に隠れていた掃除機とモップの刺青が露になり、中年男たちの視線が一斉にウンイに向けられる。

「おい、何でそんな模様にしたんだ」

ミンシクが驚愕し、ウンイが答える。

「それは……俺はわが家の掃除担当だから」

サンミョンが同情する。

「なんてこった。お前も大変だな」

ヨンチョルが笑いながらウンイの頭をなでる。

「こいつ、愛妻家だな」

ミンシクが口を挟む。

「尻に敷かれてるんじゃないのか」

尻に敷かれてると言われて、ウンイは少しプライドが傷つく。

「そんなんじゃなくて、俺が掃除上手なんだ」

ミンシクが笑う。

「そんなに必死に言い訳することはないさ。若いころは頑固で男らしく見えたのにな」

ヨンチョルは、それには同意しかねるようだ。

「男らしかっただと？　ウンイは大人しかったじゃないか。いつも隅っこで本を読んだり、詩を書いたりして」

サンミョンがつけ加える。

「タバコを吸って」

チャンヨンもつけ加える。

「女に手紙を書いて」

みんながウンイを見て、プハハハと笑う。ウンイもきまり悪そうに笑う。

「ウンイは、記事の十倍はラブレターを書いたはずだ」

ヨンチョルの言葉に、ミンシクが状況を整理する。

「それで、結局尻に敷かれてんだろ。こんな刺青は初めて見たよ、マジで」

サンミョンがウンイのグラスに酒をつぎながら聞く。

「それで、最近どんな仕事をしてるんだ」

情報通のヨンチョルが代わりに答える。

「ウンイは出版社に就職したんだ」

「出版社？　どこの？」

　ウンイが得意げに答える。

「娘が出版社の社長なんだ」

　同窓生たちが騒ぎ出す。

「ウンイの娘は作家だろ？」

「作家？　有名なのか？」

「有名だと思うけど」

「どんな本を書いてるんだ？」

「作家で食べていくのは大変じゃないか？」

「ベストセラー作家なら話は違う」

「そのとおりだ。いい本を一冊書けば、大成功することもある」

　ウンイが説明を加える。

「一冊書いて大成功したわけじゃなくて、何冊も書いたんだ。もう十冊以上になる」

　同窓生たちは、ウンイの事情がますます気になる。

「じゃあ、娘の会社に就職したのか」

「お前が校正なんかもしたりして？」

「いや、俺は直接本づくりには関わってない。娘が全部やってる」

チャンヨンが聞く。

「じゃあ、お前は何をしてるんだ」

「俺は……掃除をしてるのさ」

ウンイの答えに、ミンシクがプッと吹き出す。ウンイは少し恥ずかしくなる。

チャンヨンがもう一度聞いた。

「本当に掃除だけしてるのか」

「まあ、運転もするし……、あれこれ雑用もしてる」

ヨンチョルがまたウンイの頭をなでる。

「こいつ、ずいぶん娘によくしてやってるんだな。仕えてるようなもんじゃないか」

仕えるという言葉にかっとなったウンイが訂正する。

「娘が俺によくしてくれるんだよ」

「給料はたっぷりもらってるのか」

「ああ」

「いくらくれるんだ?」

「妥当な金額だ」

ミンシクが嫌味を言う。

「女房じゃなくて、娘の尻に敷かれてるんだな」

ウンイは心中穏やかでなくなる。弱い者扱いされている気がしてやたらと強く言葉を吐き出した。

「くそっ、俺が合わせてやってるだけだ」

同窓生は、わかる、わかるという顔でうなずく。

「お前、苦労してるんだな」

「女は神経質だからな」

「作家だから、余計にそうなのかもしれないな」

頭が混乱してきたウンイは、グラスの酒を飲み干す。隣でヨンチョルが言う。

「うちの娘はやっと大学を卒業したばかりなのに、日増しに俺に文句を言うようになってな。いったい親父を何だと思っているのか」

サンミョンが調子を合わせる。

「頭でっかちなんだよ。フェミニズムだとか何だとか言って正論をふりかざしてるつもりらしいが、言ってることは逆差別だ」

ミンシクがウンイに尋ねる。

「もしかして、お前の娘もフェミニストみたいな極端な部類じゃないよな」

ウンイはできるだけ躊躇しないようにしながら答える。

「決して、そんな極端な部類じゃない」

サンミョンが締めくくる。

「そうだな。何事も極端なのはよくない」

ウンイは会話から弾き出されないように集中する。同窓生の言葉に耳を傾けながら、さっきまでまくり上げていたシャツの袖をそっと下ろす。

こんがらがる食卓マナー

スラとボキとウンイの三人で外食すれば、それは家族の外食なのか、それとも会社の飲み会になるのだろうか。血縁と雇用関係によって強く絡み合っている三人がどの店に行こうかと悩んでいた。三食すべてを家で作って食べるには暑い季節だ。ボキもたまには台所仕事を休む必要がある。ある日の夕暮れどき、家長で社長のスラがボキとウンイに聞いた。

「何が食べたいですか」

熱くてさっぱりしたスープにごはんを混ぜて食べたいボキが提案する。

「クッパはどうですか」

ウンイも意見を述べる。

「肉のスープが食べたいです」

スラとボキは肉を食べないが、一日じゅう懸命に働いたウンイの希望も無視できない。三人は豆もやしクッパ屋に向かった。三人の欲求を同時に満たしてくれるメニューがそこにはある。スラはベーシックな豆もやしクッパを、ボキは干しダラ入りの豆もやしクッパを、ウンイはスンデクク〔豚の腸詰めのスープ〕を注文する。サイドメニューとして、ジャガイモのチヂミも頼んだ。エプロンをつけた中年の従業員が注文を受けて厨房に伝え、料理長が手際よく調理する。待つ間にカトラリーボックスの横に座ったウンイがスプーンと箸を配り、スラはコップに水を入れ、ボキはぼーっとしている。

「同窓会は楽しかったですか？」

「ああ」

スラが聞くと、ウンイは短く答える。もっと詳しく聞きたかったが、料理が驚くほど早く運ばれてきた。従業員は疲れた顔で料理をテーブルに置く。疲労と倦怠が漂う食堂だ。それはともかく、ボキは他人が作ってくれた食事がただただうれしい。

「いただきます」

ボキがひとくち食べようとすると、ウンイが小声で不満を言う。

「カクテキが少なすぎないか」

小皿にカクテキが五個、ころんと置かれていた。ボキがクッパを食べながら答える。

「最近の物価高はひどいからね。ニュースで見たけど、インフレで世界中が大騒ぎだって」

「それにしてもだ」

ウンイが従業員に向かっていら立たしげに叫んだ。

「おばさん《イモ》！　カクテキをもうちょっとくれないかな」

クッパを口に運んでいたスラの手が止まる。何かが気に障ったからだ。

「もう少し丁寧に頼んだらどうですか？」

スラがそう勧めるが、ウンイは黙っている。何もそこまでと、心の中で思う。

その間に、従業員は追加のカクテキを持ってきた。テーブルの上でガチャンと音がする。カクテキのお皿がぶつかる音だ。ウンイが眉をひそめる。

「あのおばさん、不愛想だな」

従業員が立ち去ると、ウンイはぶつぶつ言った。スラがそれを訂正する。

「不愛想なんじゃなくて、お皿を置くときに自然に音が出ただけだよ」

そう言って、スラは一度持ち上げかけたスプーンをテーブルに置く。

「ほら、こうするだけでも音がするでしょう？」

ウンイの考えは違う。

「あのおばさんが、わざと強く置いたんだ。見なかったのか」

食堂で働いた経験のあるボキが、クッパをほお張りながら人のよさそうな顔で言う。

「忙しいから仕方ないわよ。あたしもタッカルビの店で仕事してたとき、早くしなきゃって気が焦って、ついついおかずのお皿を雑に置いちゃって。このテーブルもあのテーブルも気を使わなきゃいけないから、結構大変なんだよ」

それでもウンイは従業員が気に入らない。あのおばさんは本当にボキのように純粋な気持ちでカクテキを持ってきたのだろうか。堂々と不満げな態度で働いてるんじゃないのか。ウンイはイライラした様子でひとこと言う。

「もうちょっと親切にすればいいのに」

すると、スラがウンイを見る。クッパのおかげで、スラは熱い人間になっている。ウンイをじっと見つめながら聞く。

「親切を頼んだの？」

スンデククを食べていたウンイが顔を上げる。

「あの人に親切を注文したわけじゃないでしょう？」

家女長の断固とした言い方に、ウンイは怒りがこみ上げてくる。

「基本がなってないからですよ」

「基本って何よ」

ウンイは世の理《ことわり》を説くようにスラに説明する。

「商売人が客に親切にするのは基本だ」

二人はぞんざい語と敬語を混ぜて話す。会社の飲み会と家族の外食の境界で食事の時間が流れていく。

「たかがクッパ一杯で、どれだけ丁重にもてなされようっていうんだか」

スラが意地悪く言うと、ボキが雰囲気を和らげようとする。

「親切なほうがいいのは確かよね。お互いに気分がいいもの」

ウンイとスラの目に、ボキの歯の間に挟まったもやしと海苔が見えた。笑いをこらえながらスラが言う。

「私も親切な人が好きだけど、親切はおまけみたいなものだから、当たり前のように要求することはできないよ」

ウンイは少し納得いかない。

「俺がいつ強要した？」

女房の尻に敷かれているとからかった同窓生の言葉も思い出され、なんだか不当な扱いを受けているような気がしてしかたない。

火傷しそうなほど熱かったクッパの器が冷めていく。スラはけんかしたくてこの話を始めたのではないことを思い出す。

「そうだね、お父さんは強要してない。私はただ気になっただけ」

ボキとウンイがスラを見た。スラは頭の中に浮かんだことを話しはじめる。

「お父さんは最初、あの人をおばさん《イモ》〔イモは本来、母方のおばを意味する〕って呼んだでしょ？　聞き慣れた呼び方だけど、いつから食堂の中年女性たちはおばさん《イモ》って呼ばれるようになったんだろうね。だって、おかしいでしょ？」

ウンイが言い返す。

「じゃあ何て呼べばいいんだ、社長か」

ボキが口を挟む。

「あの人、社長じゃないみたいだけど」

スラもうなずく。

「たぶん、従業員かアルバイトでしょう」

「おばさん《イモ》って呼んで何が悪い」

疑問を呈するウンイにスラは持論を展開する。

「〝ママの味〟という言葉はあっても、〝パパの味〟という言葉はない。家庭料理に対するノスタルジーも、ほとんどが〝パパのごはん〟ではなく〝ママのごはん〟に限られてるしね。一方、食堂の従業員を〝おばさん《イモ》〟と呼ぶことはあっても、〝おばさん《コモ》（コモは本来、父方のおばを意味する）〟とは絶対に呼ばない。ごはんを作ったり、家事をしたり、誰かの面倒を見たりする女性の呼び名は、母系の女性たちと関わりがあるような気がする。無意識のうちに、おばさん《コモ》をおばさん《イモ》より優位だと考えてるんじゃないかな」

ボキは、スラが複雑に考えすぎだと思う。

「おばさん《コモ》よりおばさん《イモ》のほうが親しみやすいからだろうね」

ウンイも同調する。

「どことなく、おばさん《イモ》のほうが親しみがわくだろう？　大学近くの飲み屋でも、みんなおばさん《イモ》って呼んでたし」

スラもうなずく。確かに、おばさん《イモ》のほうが親近感がある。でも、おばさん《イモ》と呼びながら家族のように大切にするわけでもないのに、果たしてそう呼ばれるほうはうれしいだろうかと思うのだ。おばさん《イモ》は役職名ではない。食堂の仕事も厳然たる労働なのに、なぜその職業に対する明確な呼称がないのだろう。

「私は作家さんで、タクシー運転手は運転手さんで、印刷所の技術者は機長さんなのに、何で食堂の従業員はみんなおばさん《イモ》なわけ？」

スラはますます悩ましい。

「親しみやすさと与しやすさは、紙一重かもしれないな」

黙って聞いていたウンイが聞く。

「お前は何と呼びたいんだ」

スラは自分が属している出版界の人たちの会話を思い出す。

「編集者や作家は、お互いを先生と呼ぶけど」

ボキが「ん？」と首をかしげる。

ウンイも変だと思う。

「それは、やりすぎじゃないか」

スラも最初はそう思ったが、使えば使うほどメリットが多い呼称だった。

「先生って、先に生まれた人って意味でしょう。私の好きな文芸評論家がこんなことを言ってたんだけど、『私が経験したことのない人生を先に生きている人』は、みんな先生だって」★

ウンイが複雑な表情になる。

「そうすると、みんな先生だな」

もちろんだとスラが答える。

そうは言っても、先生はちょっとオーバーじゃないかとウンイは思う。ボキが提案する。

「名前を呼べばいいじゃないのよ。『ウンイさん、カクテキをもう少しください』って」

スラがうなずく。

「それもいいと思う」

ウンイが反論する。

★シン・ヒョンチョルのコラム「誰もが誰にとっても先生」（京郷新聞、二〇二一年一月二十五日付）より引用。

「だけど、俺たちはあのおばさんの名前を知らないぞ」

ウンイの言う通りだ。三人ともあの人の名前を知らない。食堂の従業員はたいてい名札をつけていないからだ。

親切さとおばさん《イモ》について熱く議論しているうちに、クッパの器はすっかり空になっていた。名もなき従業員が空いた器を片づけに来る。

「食事はお済みですね」

スラとウンイとボキがうなずく。三人とも躊躇してなかなか口を開けないまま、空いた器を手渡し、論争的な食卓が一掃された。


祖父はスラにこの世の人々を呼ぶさまざまな呼称を教えた。言語とは世界の秩序だった。しかし、祖父は食堂で働く女性たちの呼び方については教えてくれなかった。家女長になったスラは食事をしながら、アンバランスな世界を垣間見る。

席を立って会計をしながら、スラは初めてこう挨拶した。

「先生、ごちそうさまでした」

すると、中年の女性従業員がカードを受け取ってぎこちなく挨拶を返す。

「ええ、ありがとうございます」

まだ心を決めかねているウンイとボキは、呼び名をあいまいにしたまま食堂を出る。

「あのう……、ごちそうさまでした」

「ええ、毎度どうも」

他人が作ってくれたごはんを食べた家女長の家族は、正解がわからないまま食堂を出た。

女の役割はどっちですか？

ボキにとっての揺るぎない真実の一つは、自分が女であるということだ。物心ついたころから世の中がボキは女だと教えてくれたし、自分の目にも女と映るから女として生きてきた。そうやって生きて五十四年になる。来世も女として生まれたいかどうかはともかく、今世は仕方ない。変えられないことについてボキは深く考えないほうだ。

今夜は二人の女性が遊びに来る予定だ。昼寝出版社にはときどき、スラの招待客が出入りする。作家仲間、編集者、ミュージシャン、写真家、医者、国会議員など、職業もさまざまで、彼らとテーブルを囲んでスラが交わす会話の内容は、会議と親睦の中間ぐらいだ。客の訪問は月に一、二回程度だが、そのたびにボキは追加手当をもらう。いつもより二、三人分ほど多めに食事を用意しなければならないからだ。社長から追加手当が支給されるので、ボキは鼻歌を歌いながら客人のための食事を準備する。

キッチンでワラビのパスタとキノコのお寿司と油揚げ入りわかめスープの材料をそろえながら、ボキが聞く。

「彼女たちは何をしてる人たちなの」

スラはリビングで原稿を書きながら答える。

「二人とも会社員です」

スラの目標は、客が来る前に原稿を仕上げることだ。ボキが来客を迎える準備をしてくれるおかげで、スラは自分の仕事に集中できる。スラはモニターから目を離さずに補足した。

「二人は夫婦です」

ワラビの下ごしらえをしていたボキの手が止まる。

「お客さんは女性二人だって言わなかったっけ？」

「そうです。同性カップルなんです」

ボキがつぶやく。

「もしかして、そういうのを……ゲイって言うの？」

スラが訂正する。

「レズビアンです」

ワラビの下ごしらえの続きをしながらボキは頭を悩ませる。女同士で結婚だなんて、やっぱりなじめない。でも考えてみたら、テレビで見たことがあるような気もする。ドレスを着た女性二人が並んで入場するシーンだった。

「ニュースで見たわ！」

ボキが記憶をたどりながら叫ぶと、スラはキーボードを叩きながら返事をする。

「だよね。韓国はまだまだ遅れてる」

「どうして？」

スラの説明が、だだだだだと続く。

「女同士が結婚するってことがニュースになるんだから。異性愛者が当たり前に享受していることをクィアは享受できないなんてね。同性婚が法制化されるのは、いったいいつのことやら。今日来る友達はアメリカに行って婚姻届を出してきたんだ。韓国では同性婚は認められてないからね。結婚式を挙げたって、何の法的効力もないんだから。それでも、彼女たちはめちゃくちゃすてきな結婚式を挙げたんだよ。おかげで、同性婚に関する議論が広がって、こんなにすばらしいことはない」

スラがあまりにも早口でしゃべったせいで、ボキは内容を消化しきれない。おおよそ、社会が悪いという話のようだ。

「私は本当に知らないことが多いわね」

明るく言いながら、ワラビの下ごしらえを終える。スラはウンイに家の中の清掃状況を確認する。

「掃除機はかけましたよね？　ワイングラスも持ってきてもらえると助かります」

「わかりました」

ウンイはせっせと客を迎える準備を手伝う。


日が暮れるころ、女性たちが現れた。凛々しい顔立ちの人としっかりした感じの人が並んで昼寝出版社の玄関をくぐる。スラは二人をうれしそうに出迎え、ボキとウンイを紹介した。

「うちの社員です」

初対面の同性カップルと異性カップルが挨拶を交わす。同性カップルはリラックスしているが、異性カップルはどこかぎこちない。ウンイはそっと寝室に入り、ボキはキッチンに入る。お客さんに出す料理があることがボキに安心感を与えた。レズビアンについては知らないが、パスタとお寿司とわかめスープについてはよく知っている。おいしいものを望まない人はいないというのも、ボキにとっての揺るぎない真実の一つだ。


スラと二人の客人は、ボキが作ったごはんを食べながらおしゃべりを始めた。凛々しい女性は話し上手だ。彼女が話を展開すると、隣でしっかりした感じの女性がコショウのようにピリッとしたあいづちを打つ。彼女たちの新婚旅行の話、会社から有給休暇とお祝い金をもらうことに成功した話、会社は説得できたけれど両親を説得するのに失敗した話、結婚式がニュースで報道されたあとに付けられた数百もの悪質コメント……。彼女たちにはエピソードが満載だ。笑えたり、腹が立ったりで、ときには気の毒で、でもやっぱり考えれば考えるほど笑える話だ。夫婦はコンビのように冗談を言いながらスラを笑わせる。

ボキは、キッチンで聞き耳を立てている。何もかも初めて聞く話で興味津々だ。ボキは好奇心に駆られてテーブルに近づいた。ボキに気づいた客が感謝の気持ちをたっぷり伝える。

「お料理、とてもおいしかったです」

「今年食べた中で最高に！」

すると、ボキが慎重に口を開く。

「あのぅ……聞きたいことがあるんだけど……」

彼女たちが快く答える。

「ええ、何でしょうか」

ボキはためらう。

「こんなことを聞くのは失礼かもしれないけど……」

スラが少し不安そうにボキの肩をつかんだ。

「失礼だと思うなら、聞かないほうがいいんじゃないかな」

そう言うと、彼女たちが制止する。

「構わないよ」

「どうぞ聞いてください」

彼女たちの励ましに、ボキはついに質問を口にする。

「二人のうち……どっちが女役でどっちが男役なんですか？」

すると、彼女たちは体をのけぞらせて大ウケする。なぜ笑うのか、わからなくて恥ずかしいけれど、ボキもつられて笑う。相手が笑うのはとりあえずいいことだ。きまり悪そうにしているボキの腕をさすりながら、スラが聞く。

「何でどっちかが男役をしなきゃいけないのかな」

ボキがしどろもどろになる。

「そういうつもりじゃなくて……」

ボキの常識では、女の役割が存在しない夫婦は破綻する。女性はあまりにも多くのことを負担しているからだ。

「役割分担がどうなっているのか気になって」

ボキが言うと、凛々しいほうの女性が親切に答える。

「髪の毛は私のほうが短くて、力は彼女のほうが強いです」

しっかり者タイプの女性も言う。

「クローゼットを開けると、彼女はパンツが多くて、私はワンピースが多いです」

凛々しい女性がさらに説明する。

「でも、出産は私がする予定で、お金は彼女のほうが稼いでます。こうなると、どっちが女役でどっちが男役なんでしょうね」

ボキの瞳が揺れる。ある種の認知的不協和だ。

スラがボキを抱きしめて笑う。

「お母さんの性に対する固定観念が崩壊したね」

ボキが申し訳なさそうに叫ぶ。

「あたしの頭が……凝り固まってたみたい！」

女たちが爆笑する。

「みんなそうですよ」

「そうだよ、お母さん。私だってそう」

ボキは若い女性に囲まれ、困惑しながら笑っている。スラは、この場にボキがいることがうれしい。

「だけど、戸惑うからいいんだよね、お母さん？」

「うん。何か勉強してる気分」

すんなりとアップデートされていくボキを見て、しっかり者タイプの女性は喜ぶ。

「私たち、こんな冗談を言ったりもしてるんです。それぞれ両親に、自分が男役だと言って家を用意してもらおうって。母も父も、結婚する子供に家を用意してやるのは息子だけだと思っているから」

ボキがテーブルを叩いて抗議する。

「ひどすぎる。息子にだけ家を用意してやるなんて！」

でも、考えてみれば、ボキの両親も大学に行かせたのは息子だけだ。結婚するときも、ボキは身一つで嫁いだが、弟はあれこれと所帯道具を用意してもらった。ボキも知らない話ではない。

ボキがワインを飲み干して提案する。

「女と男の役割を混ぜてやればいいのよ。頭がこんがらがるように」

私たちがやろうとしているのはまさにそれだと彼女たちが答える。

変えられないことは深く考えないボキもたまにこう思う。それは本当に変えられないことなのだろうかと。お客さんが来るたびにボキは、そんなことを考えさせられる。

ある午後の父娘

朝はすべからく、髪をヘアジェルでかき上げることから始めなければならない。五十四歳のウンイの持論によるとそうだ。そうすることで前髪が垂れてこず、仕事がしやすい。鏡を見ながら、ウンイは白髪を数える。まだ数本しかないが、生えてくるままにしておくつもりだ。もしかしたら、俳優のジェレミー・アイアンズみたいなナイスミドルになれるだろうか。あるいは歌手のチェ・ベクホみたいに粋に年を重ねることもあり得るだろう。彼は白髪頭の自分をあれこれ想像する。

ボキにキッチンがあり、スラに書斎があるように、ウンイにも自分だけの空間がある。それは出版社のいちばん下の階の隅にある工具室だ。わずか二坪ほどのスペースだが、小さな金物店と比べても遜色ない。工具室のドアを開けると、整理整頓されたさまざまな道具類が目に飛び込んでくる。家具の製作や修理のための道具だけでなく、掃除道具もしっかりそろっている。ウンイが毎日使うのはコード式掃除機で、今日は新しく買ったものを試してみるつもりだ。下の階から上の階まであちこち引きずりながら掃除機をかけるのはなかなか大変なので、ウンイはリュックを出してきて、その中に掃除機本体を入れる。

ボキはスティックコーヒーにお湯を注ぎながら、うぃーんという音を聞く。夫が近づいてくる音だ。コーヒーカップにウイスキーを混ぜるころ、リュックを背負った夫が姿を現した。ジッパーが少し開いたリュックから太いホースが突き出ている。ウンイは掃除機を背負って熱心に床を掃除していた。騒音の中、ボキが叫ぶ。

「ねえ、ミュータント・タートルズみたいよ」

ウンイの掃除機はキッチンとリビングを通り過ぎ、最上階の書斎にたどり着いた。机に向かっていたスラはウンイのほうを振り返ってびっくりする。

「えっ、何でリュックに掃除機を……」

ウンイが淡々と答える。

「こうすると移動が楽なんです」

スラは家長として勧める。

「コードレス掃除機を使ったらどうですか？　私が買っていいって言ったでしょ？」

ウンイは首を横に振る。

「吸引力が違うんです。コード式のほうがずっと強力で」

彼は無欲のまま、床の掃除を完了する。

一息ついたところで、ウンイのスマホが鳴った。スラの友達のミランからだ。ウンイは慣れた様子で電話に出た。

「今度は何の用だ」

トイレが詰まったり、停電したり、水道管が破裂したとき、ミランが相談する相手はいつもウンイだ。ウンイは面倒くさそうにしながらも、いつも解決方法を教えてやる。

「それにしても、何でいつも俺に聞くんだ」

すると、電話の向こうでミランが答える。

「私はお父さんがいないから」

ミランのお父さんは亡くなってはいないが、数年前に出家して僧侶になった。仏門に入った家族はいないものと思わなければならないのだとミランは説明する。すると、ウンイがまた聞いた。

「だけど、彼氏がいるだろう」

ミランがキレる。

「別れたって言ったでしょ。まったくもう。このあいだ、あれほど説明したのに！」

ウンイは自分が完全に聞き流していたことに気づく。しかし、もしミランに彼氏ができたとしても、その人がウンイのように技術を熟知している可能性は低い。ウンイが助けてやらなければならないことは、この先もなくならないだろう。

ミランだけでなく、スラもウンイを待っていた。今日はスラの書斎改造に取りかかる日だ。作家の人生は本の山と一緒に転がっていくもので、読んだ本と読むべき本と読んでくれと贈られた本と書いている本で頭がごちゃごちゃになってしまう。頭の中を整理整頓するためには、どんどん積み重なっていく本をきちんと分類して並べなければならない。そのためには本棚がもっと必要だ。

スラは必要な本棚の設計図をあらかじめ描いていた。それをウンイに見せながら、これでどうだろうかと確認する。スラが構想する人なら、ウンイは実現する人だ。有能な企画者に出会うたびに、ウンイの能力は十二分に発揮される。設計図に記したポイントを一つひとつスラが説明する。

「本はジャンルごとに判型が異なります。写真集や絵本は背が高いので本棚のマスも高く、詩集は背が低いので本棚のマスも低く、小説やエッセイはその中間の高さにする必要があります。しょっちゅう読み返す作家の本は目の高さにあるのが望ましくて、六マスぐらいあるとちょうどいいと思います」

ウンイにしてみれば、スラはいい上司だ。被雇用者が何をすべきかを一つ残らずきちんと要求する。ウンイはいつも、自分の望みが明確な上司を好んできた。そんな上司だけがわかりやすい指示を出すことができる。

「前回机を作ったときに余った木材を使ったらどうかと思うんですが、それで足りるでしょうか」

材料を節約したいスラが聞く。ウンイが工具室の在庫を思い浮かべながら答える。

「ちょっと足りないかもしれないけど、できる限りそうするようにしましょう」


父と娘は着々と作業に取りかかる。庭の作業台でウンイが木を切ったり削ったりしている間、スラも手伝う。幼いころからウンイの仕事を背中越しに見てきたが、スラはまだまだ知らないことが多い。電動ドリルを不器用に扱うスラに、ウンイがアドバイスする。

「力任せにやるんじゃない。板の表面に対してきちっと垂直に狙いを定めてから、優しく動かしてみろ。そうすれば、ネジが空回りしない」

一方、ウンイの手元では、木材が隅々までなめらかに仕上げられていく。タバコを吸いながら悠々と研磨機を操るウンイに、スラが聞く。

「いつ、こんなことを覚えたの？」

「生きているうちに、自然とな」

「そういうのを才能って言うんだよね」

ウンイは特に返事もせずに聞き流す。ウンイはもはや才能というものに関心はない。中天に浮かぶ太陽が二人の頭に降り注ぐ。

「そうだ。いちばん下の段には紙を収納する引き出しが必要なんだけど」

「何に使うんだ」

「子供たちが書いた作文を入れておく場所がほしいんだ。あの子たちはまだ小さいから、自分が書いたものを失くしてしまうことが多くて。その日に何を書いたかも忘れてしまうほどだしね」

「そうだろうな。俺も昔はそうだった」

「子供たちが帰ったあとに原稿用紙を集めておくんだ。どれだけ貴重な資料なのか、あの子たちはまだ知らないから。それをわかってる人が取っておかないとね」

ウンイはスラの幼い弟子たちのための引き出しもてきぱきと作る。それは娘が刻む歴史に参加することだ。

午後になると、本棚はあっという間に形になっていった。慣れていなければ、丸二日はかかる作業だ。スラは、ウンイの手際の良さに感心しながら言う。

「私はほんとに従業員に恵まれてるね」

ウンイは大したことではないという態度で聞き流す。

スラがもうひとこと言う。

「家族だから、お父さんと一緒に働いてるんじゃないよ。お父さんみたいな働き手はそうそういないって、ちゃんとわかってる」

ウンイは黙って聞きながら釘を打つ。そして、ふと、いい時代が過ぎていっていることに気づく。娘には若さと才能があり、自分には体力と経験がある今このとき。何の悲しみもなく助け合えるこんな時間はいつまで続くだろうか。永遠に続くはずはない。娘と一緒に過ごしてきた三十年がウンイの頭の中でパノラマのように広がり流れていく。一瞬のようだった過去と先の見えない未来について考えていたウンイが口を開く。

「男とつき合うなら」

ネジを締めながら続ける。

「お前を尊敬してくれる人とつき合え」

そう言って、ウンイは考え込む。今自分が言ったことが自分の耳にも届いていたからだ。ウンイの知る限り、女を尊敬することを知っている男はあまりいない。ウンイを含めてそうだ。ウンイはふと先日の同窓会のことを思い出す。彼が言いたかったのは、自分が娘や妻に全部合わせてやっているということではなかった。

スラが聞く。

「ふつうは、男を尊敬しろって言わない？」

「お前は、相手のことをちゃんと尊敬してるじゃないか」

ウンイはそんなふうに遠回しに表現する。実は、自分がスラを尊敬しているということを。


本棚が完成した。質素ながらも端正だ。ウンイは工具箱を片づける。

「ほかに必要なものはないか」

「今はないけど、明日になったらあるかもね」

黒髪の男が背筋を伸ばして書斎を出ていき、彼に目元がそっくりの女が書斎に残って原稿を書いている。二人はまだお互いを失っていない。スラの本棚は、喪失という言葉を知らないかのように、どんどん埋まっていくだろう。ウンイの工具室のドアも、あと数百回は開いたり閉まったりするに違いない。

私たちの神を探して

誰かがあなたのために、両手を合わせて祈ってくれたことはあるだろうか。目を閉じて、ただあなたのためだけに願いをつぶやく人。ボキの人生にはそんな人はいなかった。一人の敬虔なクリスチャンが昼寝出版社を訪れるまでは……。

「神様、ボキさんが私たちのために食事を用意してくださいました。日々の糧を与えてくださり、ありがとうございます。食事を用意してくださったボキさんに祝福と栄光のあらんことを……」

敬虔な祈りを捧げているのはスラの友達だ。澄んだ瞳と長いまつげと美しい手を持っている。ほかの人と食事をするとき、彼女は数秒だけ目を閉じて短く祈ってから食べはじめる。しかし、ここでは思う存分祈ってもよさそうだ。スラなら驚かないだろうから。一方、ボキは食卓の前でいきなり祈りが始まると、スプーンを口に入れるのを止めて様子をうかがった。ボキは食前の祈りに慣れておらず、自分の準備した食卓がいつもと違って感じられる。祈りの言葉づかいに不慣れだからだ。ぎこちなく手を合わせたまま目を閉じて、薄目を開ける。そんなボキの様子を見ながらウンイは、カクテキをポリポリ噛み砕くのを止める。祈りは続いていた。

「いつも働きすぎのスラが健康を損なうことのないようお助けくださいⅰ……。スラの文章が多くの人に届きますように。一緒に働いているウンイさんの健康もお守りください……」

口の中にごはんを含んだまま聞いていたウンイがぎくっとする。彼もまた、祈りとは程遠い人生を送っていた。彼女の祈りは締めくくりに向かう。

「昼寝出版社に豊かな愛が流れますように。感謝を込め、イエス・キリストの御名によってお祈りします」

スラと友達が「アーメン」と言う。ボキもぎこちなく「アーメン」と唱える。ウンイはやっとまたカクテキをポリポリしはじめ、みんなの食事が始まった。ボキはさっきの祈りに違和感を覚えつつも、なぜか感動する。恥ずかしがる様子もなく祈るスラの友達を見て、ボキは久しぶりに神について考えた。


神について考えるとき、ボキの頭に最初に浮かぶのは祭祀《チェサ》だった。結婚して婚家での暮らしを始めて以来、義父が信じる神を一緒に祀るようになったからだ。義父が信じる神は先祖だった。慶州李氏《キョンジュイ》の始祖である謁平公《アルピョンゴン》をはじめ、義父の父と祖父と曽祖父と高祖父と彼らの妻までを祀り、祭祀を月一ほどのペースで行った。祖父の宗教というのは儒教だった。儒教的な祭祀は、一日じゅうチヂミを焼いて、ナムルを作って、スープを煮込んで、果物を切って、肉を煮て、魚を蒸してお供えしてから、それらすべてを片づける嫁たちの労働の上に成り立っていた。

祖父の家に住んでいたころのスラは、家事労働から解放された幼い孫娘だった。スラは祭祀の日のお香の匂いが好きで、たんすの奥から引っ張り出したトゥルマギ〔朝鮮の民族服のコート〕を着た祖父の姿も好きで、ご先祖様が入ってこられるようにドアを大きく開け放った家の中の清々しい空気も好きだった。しかし、屏風のほうに向かってお辞儀をする時間が来ると、スラもボキと同様、祭祀のハイライトから除外された。竹ござの上に平伏した男たちの後ろに立ち、恭しく手を合わせるのがスラの役割だった。スラにとって祭祀は、男たちの背中やお尻、すり減って薄くなった靴下のようなイメージとして残っている。

今はもう、ボキはそんなことはしない。家女長が支配する家では、祭祀はもはや流通していないカセットテープのようなものとして扱われている。昔の思い出に浸るボキの前で、スラとその友達が会話を交わす。

疲れ切った表情のスラに友達は、最近仕事が多いのかと聞く。

「締め切りの迫った原稿が山積みなんだ」

「そんなの、どうやって毎日続けられるの？」

友達の質問にスラは答える。

「締め切りと私の関係が悪くならないように調整してる。締め切りがあって私がいるとすれば、私はその間を取り持つ仲介役でもある。仲介役として……私に締め切りを紹介し、締め切りに私を紹介するんだ」

「待って。何でスラが二人いるのよ」

「一人は原稿を書いて、もう一人は原稿を書く私を監視しなきゃならないから」

原稿を書く仕事をしていない友達は、すごく不思議そうな顔で聞く。

「そこまでする必要があるの？」

スラは肩をすくめる。

「私には上司がいないからね」

上司のいるボキとウンイは黙々とごはんを食べる。スラは分離された自分を再現する。

「締め切り先生、こちらは作家のスラさんです。実力も体力も足りないけど、頑張ってる子なので、よろしくお願いします……。スラさん、こちらは締め切り先生です。とても厳しい方なので、時間厳守でお願いします。では、お二人とも……今日の深夜まで良い時間をお過ごしください」

友達は、作家という職業にだんだん疑念を抱くようになる。

「何ていうか、すごく……分裂的だね」

ウンイもつぶやく。

「大丈夫か」

ボキは、見慣れているのに初めて見るような娘の顔をじっと見つめる。


食事を終えた友達が帰り、午後が深まっていく。ボキは皿洗いをしながらふと自問する。人生にはさまざまな試練が待ち受けているのだから、私も祈りながら生きるべきなのではないかと。

祈ってあげたい対象がボキにはたくさんいた。さまざまな顔がボキの頭の中にくっきりと浮かび上がる。中でもスラのための祈りが切実なようだ。寝ても覚めても、所かまわず批評される職業だから。こんな時代に、顔と名前を公表して活動するのは大変なことだ。ときどき、ボキはスラに対する悪質コメントを読むことがある。そうすると、まるで自分のことのように動揺し、胸が詰まる思いがする。当の本人は、あまり気にしていないようであってもだ。

「お母さん、誤解は避けられないものだから。大丈夫だよ」

スラがそう言っても、ボキは安心できない。娘が無事に作家生活を続けるには、どうやら神様の助けが必要なようだ。

皿洗いを終えたボキは、スラのところに行って小さな宣言をする。

「これからは私も祈るわ」

スラはキーボードを叩きながら聞く。

「誰に向かって？」

ボキはそれがまだ決まっていないことに気づく。自分の神を選ぶべきときだ。ボキは最も有名なイエス様と仏様の姿を思い浮かべた。髭もじゃの男もつるっぱげの男も遠く感じる。

「仏様を信じたらどう？　家の前にお寺があるじゃない」

ジムも近いところに通い、恋人も近いところに住んでいる人を好むスラがアドバイスする。ボキがうなずく。近いのはやっぱり楽だからだ。でも、ちょっと緊張する。

「お寺に一人で行ったことがなくて、ちょっと不安なんだけど……一緒に行かない？」

スラは、娘を初めて塾に入れる母親のように、ボキと一緒に出かけた。ウンイは庭でタバコを吸いながら、二人の外出を冷ややかに見守る。

家の前にあるお寺は、見た目は質素だが、中に入るとずいぶん豪華だ。寺の中の古い調度品を眺めていたボキがスラにささやく。

「こういうのって、結構高いよね」

そのとき、グレーの僧衣を着た女性が現れて母娘を歓迎した。かなり年配の尼僧だ。尼僧の前でボキはぎこちなく両手を合わせて挨拶し、遠慮がちに感嘆の言葉をかけた。

「本当に……頭がとてもきれいですね」

尼僧は恥ずかしそうに自分の頭頂部と後頭部をなでる。ボキが尼僧をじっと見つめながらもうひとこと言う。

「尼さんになられていなかったらどうしようかと思うくらい……頭の形が完璧です！」

スラが、ボキの肩に手を置いてこっそり言う。

「お母さん、尼さんの容姿評価《オルビヨン》は控えてください」

スラは新時代の基本マナーを教えようとするが、ボキも尼僧も平気な顔をしている。

「どういう御用でいらしたの？」

尼僧が半分丁寧な言葉づかいで母娘に尋ねた。ボキは両手を合わせて答える。

「祈祷をしにきました」

「よくいらしたわ。どうぞこちらへ」

尼僧は法堂の隣の小さな部屋に母娘を案内する。彼女が結跏趺坐《けっかふざ》〈両足を組む座り方〉をすると、ボキは正座をしてその前に座る。正座なんてしたら、すぐに足がしびれるだろうに。ボキを心配しながらスラは半跏趺坐《はんかふざ》〔片足だけを組む座り方〕をする。礼儀正しいボキと淡々としたスラとリラックスした尼僧の三人が向かい合った。

尼僧の後ろには仏像をはじめとする仏教の装飾品がびっしりと並んでいた。ボキが天真爛漫につぶやく。

「何だかここはとても……ああ、何て言うんだっけ？　神秘的で、霊魂が行ったり来たりしてるような……」

「スピリチュアルな感じって言いたいんでしょ？」

「うん、それ」

一方、プラスチックで作られたいくつもの仏様の顔がスラの目には少し恐ろしく映る。スラはカラフルな仏像を眺めながら、フォトショップで微妙に彩度を補正する雑念に囚われている。

「好きなときに来て、祈祷すればいいんですよ」

尼僧が穏やかに説明する。いつでも立ち寄って何かを祈ることができるなんて、やっぱりお寺はいいところみたいだとボキは思う。皿洗いをするたびに窓の向こうから聞こえてくるポクポクポクという音も好きだった。

「木魚の音が、私を呼んでいるような気がして」

「あれは心の安らぎをもたらしてくれる音だわね」

木魚の達人である尼僧が、ひと呼吸置いて話を続ける。

「だけど、もっと確実に祈りを捧げるには、提灯を一つ灯すといい。提灯に名前を書いて登録しておけば、こちらで灯してあげますよ」

ボキの目がキラキラ光る。誰かが自分のために灯りを灯してくれるなんて、何てありがたいことだろう。

尼僧の言葉にうなずくボキの横で、スラが聞く。

「提灯を一つ灯すのにいくらかかりますか？」

家庭の経済を担う者の質問だ。スラは、世の中にタダのものはないことを知っている。尼僧がためらわずに金額を言う。

「五万ウォンだけ出してください」

あまり喜ばしくはないが、出せない金額ではないとスラは思う。

「でも、それは一か月分だから、もっと続けてほしいなら翌月にまたお支払いが必要です」

スラがひるむ。

「ああ、毎月支払うシステムなんですね」

「そうです。私たちも、タダで灯して差し上げるわけにはいきませんから」

月五万ウォンだと一年で六十万ウォンになる。お寺まで会員制で運営されているなんて……。スラは疲労感を覚える。

「一か月だけにしたらどう？」

スラがボキに提案する。そもそも提灯が必要なのかどうかもわからないが、それがボキの祈り入門に役立つなら、一か月くらいは構わないだろうと考えたのだ。一方のボキは目線を上に向けて考えにふけっていた。明るく照らした提灯を一か月後に消すのは、何となくいけないことのような気がする。愛する人たちの名前を提灯に書いておこうと思っていたのに。

尼僧がさりげなく説得を続ける。

「ここはご利益があることで有名なんです。信者さんの願いも全部叶うんですよ。土地がいいから。あるとき、お堂の屋根の上につむじ風が吹いてね。雲ひとつない天気だったのに、うちのお寺の上にだけ竜巻が起こって、どれだけびっくりしたか。放送局が撮影に来て大騒ぎになってね。そんなこんなで、ある種のエネルギーがこの寺に集まってるんですよ」

不思議な渦巻き雲がボキの頭の中に浮かぶ。田舎出身で、いろんな雲を見て育ってはいても、新しい雲の話はいつ聞いても飽きることがない。

一方、スラは現実離れした話には興味がない。スラの興味の対象は、主に説明可能で触れられるものがほとんどだ。家や体、机やテーブル、キーボードや画面の中の文章、そして直方体の本、本、本……。スラにとって尼僧の話は、まるで昨日見た夢を綴った日記のように感じられる。新聞に寄稿することもできず、本にすることもできない、信憑性に欠ける話。

人の話を信じやすい、聞き上手なボキは、そんな話にすぐに聞き入ってしまう。若いころ、道で出会った人に「あなたは神を信じますか」としつこく声をかけられ、ついていったことも何度かある。

「じゃあ今日、提灯の登録はできますか？　うちの家族の名前は……」

ボキが家族の名前を書き留めようとするとスラが制止し、尼僧に説明する。

「母は、入信は初めてなので、お金がかかる部分については少し相談が必要なようです」

そう言ってスラは、隣に座っているボキを説得する。

「慎重に考えないと。サブスクは簡単に決めるものじゃないよ。ネットフリックスにウォッチャ、ユーチューブプレミアム、アップルＴＶだけで毎月五万ウォンを超えてるんだから」

それは事実だ。ボキとウンイのための動画配信サービスの支払いも、会社の福利厚生の一環としてスラが支払っている。それだけでなく、電気代、ガス代、上下水道代、医療保険料、クラウド利用料など、通帳から定期的に差し引かれる項目は多く、お寺に納めるお金までおいそれと追加することはできない。スラは定期的な支出にひどく敏感だ。長い間、家賃生活をしてきたからだ。

ボキを論理的に説得するスラの話を聞いていた尼僧が、慎重に会話に割り込む。

「でも、信仰というのは……そのすべてを支える行為で、経済活動や家庭生活がうまくいくのも、心がまっすぐであってこそ。ある意味、ネットフリックスを観るよりもはるかに重要な部分かもしれないね」

スラは六十代後半と思われる尼僧がネットフリックスを知っていることに驚く。

「ネットフリックスをご覧になるのですか？」

尼僧は照れくさそうに答える。

「たまに観ますよ」

「何をご覧になるのですか？」

尼僧の頭の中にいくつものドラマが浮かんでくる。

「そうだね……『私の解放日誌』も『私たちのブルース』も観たし……最近では『ウ・ヨンウ弁護士は天才肌』を観てますよ」

尼僧の好きなドラマリストはまさにボキのそれと重なる。ボキはうれしさを隠せない。ボキと尼僧は急にドラマの話に花を咲かせはじめた。どれだけ面白くて悲しかったか、一日じゅう語り合う勢いだ。

「観ていて何度泣いたかわからない」

「俳優さんたちがとても良かったですよね」

「脚本家も大したもんだ。どうしてあんなセリフが書けるのか」

尼僧が感心すると、ボキはうれしくなってスラを指差す。

「実はうちの娘も作家なんです」

尼僧がにわかに関心を持つ。

「そうなんですか。どんな文章を書いてるの？」

スラは、ネットフリックスに進出したいという願いを込めて野心満々に答える。

「私も面白いドラマを書いています」

「向かいの家に作家が住んでいるとは知らなかったわ。どんな話？」

スラは尼僧に話を聞かせてやろうかと思ったが、やっぱりやめてこう言う。

「本当に面白いんですが……完成したらお話しします。完成する前に話すのは天機を漏らすことになるので」

尼僧は少し不満げだ。

「すごく気になるわね」

スラが微笑む。

微笑むスラの胸に、一つの文章がそっと浮かぶ。

相変わらず人々は良い物語が現われるのを待っています★。

スラにとってそれは揺るぎない真実の一つだ。人々が良い物語を待っていることを信じずに、どうやって書き続けることができるだろう。


スラは自分にも信仰があったことに気づく。

良い物語を崇拝し、文学を信じることによってスラは動かされてきた。神の言葉を借りて祈り、身を低くするように、スラも自分より先に生きた作家たちの力を借りて書いている。作家たちが生涯にわたって得ようとするのは、全知全能の視点なのだろう。達成不可能な目標だが、そのための努力をあきらめられない。それはもしかしたら、神の視線を想像することなのかもしれない。ほかの人の気持ちを思い量ることをやめるなんてできっこない。私はほんの小さな存在にすぎないのだから。スラは初めて、尼僧と自分のやっていることは少し似ていると感じる。

★「神様ごっこ」(作詞・作曲:イ・ラン、歌詞対訳:清水博之)より引用。

「ドラマがお好きなら、きっと私の本も気に入ってもらえると思います。なので、こうしたらどうでしょうか」

尼僧がスラを見つめる。

「私には十冊の著書があります」

「たくさん書いたんだね」

「そうなんです。どれも名作なんですが、十か月間、私の母のために提灯を灯してくださったら、毎月一冊ずつ私の本を差し上げます」

尼僧はしばらく考える。彼女にとっても初めての試みだ。ボキは興味津々な顔でスラと尼僧の交渉を見守っている。

「わかりました」

尼僧は快諾する。仏教徒と文学をする者の間に小さな発展的合意が生まれた。提灯代は、尼僧がスラの本を受け取ることで清算される。


寺から出ながら、ボキは法堂の前にずらりと並んだ提灯を見る。明るく照らされた提灯は願いの波のように見えた。

「みんな願い事が多いんだな……」

ボキがつぶやく。一方、スラは法堂の片隅に積まれた直方形のクッションを見る。

「あれは何ですか？」

尼僧が答える。

「祈祷のときに使う座布団だよ。これを敷いて祈祷をすると膝を痛めにくい。立って合掌して座って土下座するのはとてもいい全身運動だから、一日百八回ずつやってみるといい。心身の修養にこれほどいいものはないよ」

スラはしばらく考えてからそれを二枚買った。スラは、「くり返し」には一家言持っている。

庭でタバコを吸っていたウンイの目が、座布団二枚を手に帰ってきた母娘の姿をとらえた。

また日が暮れる。ボキは寝室に寺の座布団を持っていき、半分に折りたたんでふっくらとした枕にする。それに頭をのせて楽な体勢で寝転がり、テレビを観るのがボキの夜の日課となった。家の前のお寺には、ボキの愛する人たちの名前を書いて吊るした提灯が明るく灯っている。

一方、スラは書斎に座布団を持っていき、机の横にそれを敷いて呼吸を整える。そして、祈祷を始めた。膝をついて両手を床につき、腰を折って頭を下げる。それを何度もくり返し、低く伏せるたびにスラは、知らない誰かに向かって心の中で祈った。

良い物語を書かせてください。
この仕事を愛し続けられるようにしてください。
どこかに読者がいると信じられるようにしてください。
勇気を失わないように助けてください。
祈祷は続く。そうして百八礼は、スラが原稿を書く前にくり返される儀式になった。

一方、ウンイは毎週購入するロトの当選番号を確認している。今回も運はついてこなかったが、来週もまた宝くじを買うことになるだろう。いつか当たるかもしれない。そんな幸運が自分にも起こり得ると信じているからだ。

夜が深まっていく。互いが互いの守護神であることに気づかないまま三人は、宗教の周辺をあてもなくさまよう。

出版社の屋根の上に雲が流れる

トラックが道路を走る。新しい本を大量に積んだトラックだ。タバコをくわえたウンイが運転席に、坊主頭のチョルが助手席に座っている。彼らは今日、二千冊の本をあちこちの書店に配送する。スラの手を離れた新作が、男たちの手を経て書店に届けられるところだ。

ウンイはハンドルを握ったままちらっと横を見る。

「お前、ちょっと焼けたみたいだな」

チョルが褐色の腕をなでた。

「ここのところ、ずっと水辺で働いてたんです」

チョルの二十代は、季節ごとに違うアルバイトをしながら過ぎている。スラは四季を通じて文章を書いてきたし、これからもそうするつもりだが、チョルとウンイのやっていることは一生の仕事とは縁遠い。来年にも職業が変わる可能性があるという点で、二人は似ている。

ウンイもかつてライフセーバーだった。産業潜水士やフリーダイバー、水泳インストラクターだったこともある。水中でタバコを吸うこと以外はすべてやってみたというのが、ウンイの昔からのジョークだ。

「あるとき、障害者に水泳を教える機会があったんだ。車椅子に乗っている人だったんだが、俺に教えられるだろうかって心配でな。経験がなかったから」

ウンイが昔を思い出して言うと、チョルが聞く。

「足が使えないのに、どうやって泳ぐんですか？」

「俺も最初はそう思ったよ。どう教えたらいいんだろうって悩んだ結果……自分の足をロープで縛って泳いでみたんだ。そしたら、当然不便ではあるけど、腕をうまく使えば泳げることがわかった。その泳法を一生懸命練習して教えたさ。あるときは、右腕を切断した人が来たんだけど、その人に合った泳ぎ方を俺も実際にできないとダメだから、今度は右腕を縛って左腕だけで泳ぐ練習をしてみた。何事も、探せば方法があるもんだ」

ウンイはそうやって他者になってみる努力をしたことがある。ほかの人の体を疑似体験してみてようやく理解できるようになった不思議な感覚が、彼の体のあちこちに残っていた。

誰もが自分の人生を本に書くわけではない。作家たちは経験したことを総動員して書く材料を集め、ときには経験していないことまでかき集めて自分より大きな物語を完成させるが、そうしない人だけが持てる自由と品格がある。ウンイの人生のドラマティックな瞬間は、走るトラックの中で一度だけ語られ、記憶の中に遠ざかっていく。ウンイの物語はいつも、実際の彼の経験に比べてささやかだ。ウンイが障害者に水泳を教えていたころの話を聞いたのは、チョル一人だけかもしれない。チョルはウンイの経験が不思議でしかたない。

「それで、その人たちはどうなったんですか？」

「泳ぎか？　驚くほどうまくなったさ」

ウンイはラジオのボリュームを少し上げる。好きな曲が流れているからだ。その曲を聴きながらチョルは、腕や足がない状態で泳ぐことを想像する。何事にも方法があるというウンイの言葉も噛みしめる。もし、どうしても方法が見つからないことに直面したら、ウンイ社長に電話してみるのもいいかもしれない。チョルには解決方法を教えてほしいと相談できる相手がいた。五十代の男と二十代の男の間に切ないバラードが流れる。車内を埋め尽くすような音だ。

「そう言えば、ライフセーバーの資格を取ったとき、片腕で人を抱きかかえて片腕だけでクロールをするのを習った……」

チョルは、そう言いながらウンイのほうを振り向いてびっくりする。ウンイの目元が潤んでいたからだ。

「大丈夫ですか？」

ウンイは、慌ててグレーのＴシャツの袖を引っ張り、涙をぬぐう。チョルには何が何だかわからない。

「何かあったんですか？」

「いや……この歌を聴くと、こみ上げてくるものがあってな」

ウンイがボリュームを少し下げる。そのときやっと、チョルは流れているバラードの内容を認識した。女は逃れようのない縁について歌っていた。この愛が錆びつかないようにいつも磨いていくのだと。

「この歌、昔のですよね？」

「ああ。俺はイ・ソニが好きなんだ」

もの悲しい弦楽器の伴奏が鳴り響く中、ウンイはまめのできた手で濡れた目元をぬぐう。チョルは考える。「これが悲しいって……？」。チョルは大人の男が泣くのを久しぶりに見た。父も祖父も兄たちも、チョルの前で泣く姿を見せたことはほとんどなかった。ウンイは咳払いをして平然と言う。

「涙が出て止まらないときはな、国旗に向かって敬礼みたいなことを思い浮かべるんだ。そうすると、高ぶった感情が冷めて涙がすっと引っ込む」

我慢できなくて泣いたくせに、そんなことを言う。チョルはしばらく言葉を失ったが、ウンイが気まずいだろうと別の話を始める。

「今回出たのはどんな本なんですか？」

スラの新作の話だ。それはウンイもまだ知らない。

「まだ読んでない。家族の話だって言ってた気がするけど」

「じゃあ、ウンイ社長も出てくるんですか？」

「どうだろうな」

出てこようが出てこまいが、小説だから関係ないとウンイは思う。どう書かれようが、それは本当の自分ではないからだ。ウンイにとって小説は、嘘のコレクションみたいなものだ。嘘を集めて真実を語るのが小説なのだから。

「一冊持っていけ。スラがお前に渡せって言うから、一冊後部座席に取ってある」

チョルが意外そうな顔で本を受け取る。

「うわぁ、本なんてほんとに久しぶりだ……」

ガタガタ走るトラックの中で、チョルは生まれて初めてプレゼントされた小説の最初のページを開く。そこには波打つような文字でこう書かれていた。

私に腕相撲を教えてくれたチョルへ。

力の蓄積と再分配を探求するスラより。

チョルは見慣れないその文章をしばらく眺めていた。本のそでに印刷されたスラのプロフィール写真も見る。写真の中のスラは血色が良さそうに見えた。チョルが知る限り、普段はまったくそうではないけれど。

チョルは生まれて初めて、一人の作家について少しだけ証言できる気がする。この本を書いた作家はガウンをよく着ていると。あるときはとても無口で、あるときはとてもよくしゃべると。締め切りが終わるとわけのわからない踊りを踊ると……。

とにかくその本は今、チョルの人生と少し関係している。誰のところにもそんな本はやってくるものだ。それがわかる人には、ぽつり、ぽつりと提灯の灯りのようにそんな本がもたらされる。

新しい本が全国に出荷される間、スラは小学生に作文を教えていた。作文の授業はスラの仕事の一つだ。家計を支える者にとって、三つの仕事をかけ持つのは特別なことではない。出版社のリビングのテーブルに、八人の子供たちがぎゅうぎゅう詰めに座っていた。ある子はスラが着ている服をじっと見つめ、ある子は秋の日差しを浴びながらうたた寝をし、ある子はサービスを受けに来た客のように腕組みをして授業を真剣に受けようかどうか迷っている。スラは子供たちに優しく話しかけた。

「この授業は私たちが一緒に作るものなんだよ。みんなで責任を分け合う集まりなの。だから、お客さんとしてではなく、主人として座っていてくれるかな」

お客さんみたいな態度を取っていた子が組んでいた腕をほどく。主人というのは、甘美でありながら疲れるものだ。でも、書くことには、客として生きていては決して到達できない世界がある。

そのとき、スラよりも主人らしく座っていた十歳の女の子、イワが質問した。

「先生、新しい本に私の話を書いた？」

スラは戸惑いながら答える。

「書いてないけど」

イワは失望を隠すことなくつぶやく。

「書いてくれればいいのに……」

イワは、スラの新作が出るたびに自分の話が書いてあることを期待する小学生だ。スラは何だか少し悪いことをしたような気持ちになる。

「いつか必ず書くから」

そう言って、しばらく考えてからイワに言う。

「でも、イワが自分で書いたほうが、もっとすてきなお話になるんじゃないかな」

スラは黒板に今日のテーマを書く。

「私に名前をつけてくれた人」

子供たちは、自分のお母さんやお父さん、お祖母ちゃんやお祖父ちゃんを思い浮かべはじめる。

「私たちが生まれる前に、お母さんやお父さんたちはとても熱い議論をしたと思うんだ。その中で誰の意見が採用されたのか。どんな思いでその名前をつけたのか。ほかの人はなぜその人の意見に同意したのか。知っていることをすべて書いてみよう。みんなが自分の名前を気に入っているのかどうかも気になるな。もし、自分に新しい名前をつけてあげたいなら、それを考えてみるのもいいね」

秋分を過ぎたある日の午後、子供たちは自分の誕生神話を書きはじめる。そうしているうちに子供たちは、家族を取り巻く歴史の小さな編纂者になることだろう。


出版社の屋根の上に大きな雲が流れ、風が吹く。

ボキはこんな日を「何かが起こりそうな天気」と呼ぶ。ボキはおろし金でジャガイモをすりおろしながら、猫の姉妹に声をかけてみた。

「スキ、ナミ。いい天気だね」

姉妹があくびをしながらボキを見る。スキとナミがちゃんと聞いていることをボキは知っている。

「あなたたちも季節を感じるでしょ？　秋が近づくとあたしは、変な気分になるんだ。なぜか何か物語を作らなきゃいけない気がするのよ。人生の大事な話みたいなものがあるじゃない。自分が新しくなるような話っていうか……。だからか、季節が変わるたびに心が揺れ動いてちょっと感傷的になるんだ」

猫たちはボキをじっと見つめていたかと思うと、窓の外に顔を向ける。スキとナミは、いつも現在に留まっているらしい。今、この瞬間のことしか考えていないような猫たちを見ていると、ボキの心に小さな尊敬の念が芽生える。

「お前たちは、ほんとにかっこいいね」

ボキの感嘆の声がリビングにも伝わる。朗らかな声だ。これまでスラの名前をいちばん多く呼んでくれた人の声。弟子たちが文章を書き終えるのを待つ間、スラはボキのゆるぎない優しさについて考える。その優しさは、生きている者に力を与えてきた。家事とはそういうものだと、ボキのおかげで気づくことができた。キッチンでボキは鼻歌を歌いながら、子供たちのおやつになるジャガイモのチヂミを焼いている。子供たちの手元では、原稿用紙の上を走る鉛筆の音がする。時間が流れている。

スラはふと、ボキのいない未来を思う。ボキが恋しくて立ち止まっている自分の姿が、思い出のように頭の中に描かれる。すでに経験したかのように、まるでずっと前に生きた人生のように、その悲しみにひしがれる。スラは、今このときをぎゅっと握りしめていたいのに、いつも手のひらからすり抜けてしまう。

最初に作文を書き終えた子供が原稿用紙を持ってきた。スラと子供が並んで座ってそれを読む。

「私の名前はジナだ。本当の「真」に美人の「娥」と書く。ほんとうにきれいな人になれとママがつけてくれた」

最初の段落を読んだスラがジナに言う。

「私たち、同じ漢字を使うんだね」

美人を表す「娥」は、女偏と我で構成されている。スラの祖父が「父生《プセン》我身《アシン》母鞠《モグク》吾身《オシン》」の次に力を入れて教えた漢字だ。

祖父はその漢字が女の子の名前にふさわしいと考えていて、美しさは女らしさでもあると幼いスラに言っていた。スラは愛する祖父を、しかし今はもう年を取りすぎてしまった祖父を思い出しながらジナに話して聞かせる。

「美しいってことは大切な価値だよ。私も美しいものが好き。だけど……」

ジナがスラを見る。

「何が美しいかは、自分で決めるものなんだ。ジナは自分の美しさを自分で作り出すことになるはずだよ」

　スラとジナは作文を最後まで読む。

　家族の遺産のうち、良いものだけを受け継ぐことはできるだろうか。家族を愛しながら、彼らのもとから遠く離れることができるだろうか。あるいは、近くにいながら憎まずにいられるだろうか。互いへの礼儀というものを守りながら。スラがまだ答えを見出せずにいるそのことを、未来の子供たちがもっとたやすく見つけられるようになったらいいなと思う。前に座っている男の子があくびをしながらスラに質問する。

「先生、月火水木金土日はどうしてあるの？」

　突然、何を言うのとスラが聞き返す。

「どうして月曜日はまたやってくるのかな」

　スラはそんな質問を初めて聞いた。

「ほんとだね。なぜ月曜日は必ずまたやってくるのか……私にもわからないな」

　午後遅く、本の配達を終えたウンイが家に帰ってきた。スラは子供たちを送り出し、庭でウンイとタバコを吸う。キッチンを片づけたボキも庭に出てきた。

「イチジクが熟したわね。社長は原稿を書くのに必死で、庭の木にどんな実が成っているのかも知らないでしょ?」

ボキはうれしそうにイチジクを摘む。ボキにとって美しさとは、季節の流れであり、晴れの日も雨の日も成長をあきらめない存在で、ウンイにとって美しさとは、悲しみと喜びの極みを知る歌手の声、そして、ごはんを作る女性と文章を書く女性。スラにとって美しさとは、端正で力強い言葉、そして、同僚となった両親の後ろ姿だ。

地球上で偶然めぐり合った彼らは、何よりも良いチームになろうとしている。家族であればあるほどそうすべきであることを忘れずに。


スラは家に帰ってしまった幼い弟子にこう答えたくなる。月火水木金土日がくり返されるのは、月曜日からまた頑張るためだと。もう一度頑張る機会を与えるために、月曜日は必ずまたやってくるんだと。また頑張ろうという気持ちで、ボキは窓枠を磨き、ウンイは掃除機をかけ、スラは書いた文章を直してまた新しい文章を書くのだと。

月曜日はまたやってくる。そして、時間の流れとともに、世界の美しさもまた変わっていくことだろう。

著者あとがき

テレビの前に集まった家族に囲まれて幼少期を過ごしました。テレビ画面には、いつも家族ドラマが映し出されていました。他人《よそ》の家でくり広げられるさまざまな出来事に、わが家の人たちは本当に何度も泣いたり笑ったりしました。泣いて、笑う大人たちのそばで、家族という小さな単位の社会を幼いなりに学びましたが、それを自分も踏襲したいのかどうかは、よくわかりませんでした。あのころに見たドラマに清々しさと名残惜しさの混じった気持ちで別れを告げ、この『家女長の時代』〔原題〕を書きました。これは私がまだ見たことのない形のホームドラマです。

家族の世話と家事を無償で提供していた母たちの時代が去り、愛と暴力を区別できなかった父たちの時代が去り、権威を握ったことのない娘たちの時代も去って新しい時代がやってくることを願って書いた物語です。家父長の「父」を「女」に置き換えてみると、興味深い秩序が生まれました。その秩序が体験できる機能をこの小説に持たせたかったのです。凛々しい娘と美しいおじさんと珍妙なおばさんが、互いから何を学ぶのかということに興味津々だったし、三人が失敗と挽回をくり返すことで良いチームになってくれることを望みました。

こんな物語をテレビで見たいと思って書きました。

このささやかな一冊の本が家父長制の代案になることはないでしょう。ただ、無数の抵抗の中の一つの事例になればいいなと願うばかりです。長くて根深い歴史の流れに明るく抗う人物をこれからも書いていきたいと思います。新しいやり方で関係を結ぶ家族の物語だけでなく、家族という呪縛から軽やかに解放される物語を書いてみたいという思いもあります。愛と権力と労働と平等と日常についての学びは、いくらやっても尽きないみたいです。この学びを長く続けられるよう、少しでも長い歳月が私に許されることを望みます。

私の永遠の〝ミューズ〟であるチャン・ボキとイ・サンウン〔ウンイの本名〕

に敬意を表します。二人が、自分たちのことをいくらでも歪曲し、脚色して書いてもいいと許可してくれなかったなら、この本は最初の一文すら書けなかったでしょう。現実の二人は、本の中のキャラクターとはまったく違う姿で生きています。私が試みるフィクションを少しそっけなく感じるほど尊重してくれる母と父にいつも感謝しています。

最初の一文が書けたのが両親のおかげだとすれば、最後の一文が書けたのは編集者のイ・ヨンシルさんのおかげです。イ・ヨンシルさんがいなければ書き上げることのできなかった文章がたくさんあります。彼女が原稿を待っているという事実はいつも、私に幸せなプレッシャーを与えてくれました。それに耐え、どうにかして前よりもいいものを完成させるのが私の宿命なのでしょう。イ・ヨンシルさんに名前を呼ばれれば、私はいつでも原稿を携えて彼女のもとへと足を運ぶ用意ができています。最高のストーリーセラーであり、かけがえのない出版人である彼女とこれからも本を作り続けたいと思います。

執筆の始まりと終わりの間には、最高の同志である詩人で写真家のイ・

フォンの存在がありました。ときには、彼の目に私たち家族がどう映っているのかを聞いたりもしました。すると、家族に対してつい傲慢な態度を取ってしまう私の姿が見えてきました。私の人生をこまやかに証言し、熱烈に応援してくれる彼のおかげで、多くの文章を見直すことができました。

ダニー・シャピロ（一九六二〜。アメリカの作家）の著書『書き続ける』（原題：Still Writing）には、ラルフ・ワルド・エマーソン（一八〇三〜一八八二。アメリカの思想家、詩人、エッセイスト）の文章が引用されています。私の心をつかんだその文章は、「良い作家は自分自身について書いているように見えるが、その目は常に自身と万物を貫く宇宙の糸に向かっている」でした。一生この文章を胸に刻み、書き続けていこうと思います。十一冊目の本が小説の棚に置かれることをうれしく思います。やっと書けた初めての小説です。この本のすばらしさと限界を忘れずに、次はもっともっと面白い小説を書くつもりです。その間に、家女長とその家族たちがはるかに進化していることを願っています。

大家族の一人娘として生まれた私を小娘《キジベ》と呼んでからかった男たち。

同じように小娘《キジベ》と呼んで服を着せながらも、そこには親しみと優しさがあふれていた女たち。自分の中にある男性性と女性性を交互に見せることで、小娘《キジベ》という言葉を意味のないものにしてくれた賢い友人たち。そのすべてを複雑に愛し、この本を捧げます。

二〇二二年秋

イ・スラ

日本語版刊行に寄せて

この小説を日本語でお届けできることが私にとってどんなにうれしいことか、声を大にしてお伝えしたいと思います。なぜなら、日本で作られた数多くの物語から影響を受けて作家になったからです。ぼろぼろになるまで何度も読んだ日本の本や漫画、そして映画とドラマについてなら、一晩じゅう語り合うことができるでしょう。

日本は韓国と同じぐらいすばらしい作家たちがいる国で、それはつまり、すばらしい読者たちのいる国なのだろうと予感しています。多彩な物語の中で生きている日本の読者の皆さんにこの小説がどう読まれるか、早く知りたくてうずうずしています。遠くて近い私たちはどんな文章に共鳴するでしょうか。私が佐野洋子さんの本を読みながら涙を流し、声をあげて笑ったように、小説の中のスラとボキとウンイを見ながら心地よく魂を揺さぶられる皆さんの姿を想像してみたりもします。

原作への愛を込めて翻訳してくださった清水知佐子さんと、日本の書店にきちんと並ぶよう制作してくださった編集者の大渕薫子さんに心から感謝いたします。韓国でこの本がドラマ化されることになり、私は今、その脚本を書いています。いつかドラマでも、日本の読者にお目にかかれることを願いながらエネルギッシュに書きあげたいと思います。

イ・スラ

二〇二四年二月　ソウルにて

訳者あとがき

本書は、文学トンネのインプリントであるイヤギチャンスから二〇二二年十月に刊行された『가녀장의 시대（家女長の時代）』（イ・スラ著）を訳出したものである。同年二月から三月にかけて著者が運営する有料メールマガジン「日刊イ・スラ」で連載されていたもので、旧態依然とした家父長制度に別れを告げ、軽やかに新しい時代を切り拓いていこうとするコメディチックな家族小説だ。

「家女長」という耳慣れない言葉は著者の造語で、両親を雇用して出版社を運営している著者の実生活からひらめきを得たものだ。最年長の男が家族を支配する「家父長制」でも母親が家長を務める「家母長制」でもない、「女《むすめ》」が率いる「家女長の時代」の到来を示したこの作品は刊行当初から話題を集めた。

この作品が広く愛される理由は、「家女長現る！」という革命の描き方がとても温かくてユーモラスだからだろう。実際、著者はある講演で

「苦難の中のユーモアを好み、喜びと悲しみが混じった瞬間に出会ったときに創作のインスピレーションを得る」と話している。また、別のインタビューでは「家父長制の歴史をただ批判するのではなく、愛すべき遺産は忘れずに受け継ごうとする新しい家族の物語を描きたかった」と打ち明けている。困難に直面したときほどユーモアを忘れないヘルシーな楽天さ、リスペクトすべきものはリスペクトするバランス感覚、そして、家父長と同じ失敗をくり返し、反省しながら成長していく家女長の姿を包み隠さず見せていることが多くの人の心を開き、耳を傾けさせているのだろうと思う。

著者のイ・スラは一九九二年、ソウル生まれ。雑誌の編集者などをしながら作家を目指し、二〇一三年に小さな文学賞を受賞するも、特に作家らしい活動ができずにいた。そんな中、学資ローンを返済するために二〇一八年春に始めたのが「日刊イ・スラ」だ。SNSで募集した読者から月一万ウォン（約千円）の購読料を受け取り、A4用紙二枚分ほどの散文を毎日一編ずつメール配信するもので、「文学の直売」として注目を集めると同時に、作家デビューの登竜門の新しい形を創出したとして評価された。同年秋にはそれらをまとめた『日刊イ・スラ　随筆集』を自ら運営するヘオム出版社から刊行。五万部以上が売れる大成功を収め、二千五百万ウォンの学資ローンも完済した。

『日刊イ・スラ　随筆集』と、その後に刊行された『心身鍛錬』（ヘオム出版社、二〇一九）から選り抜かれた四十一編が『日刊イ・スラ　私たちのあいだの話』（原田里美・宮里綾羽訳、朝日出版社、二〇二一）として邦訳刊行されている。巻末には「日刊イ・スラ」の始まりとその後も詳しく書かれているので、読んでいただければ、フィクションではあるものの自伝的要素もあるこの小説への理解がより深まるだろう。


イ・スラは最初の本を刊行してからわずか五年の間に、随筆集をはじめ、インタビュー集、書評、往復書簡集など計十三冊を出しており、総販売部数は二十万部を超えている。その中で本書は彼女が書いた初めての小説だ。本人が当初から狙っていたとおりドラマ化も予定されており、脚本も著者が自ら手がけている。

多才な著者は、講演などで舞台に上がると趣味の歌やギターを披露することもある。古着をセンスよく着こなすファッショニスタでもあり、サイン会には長蛇の列ができ、ブックトークのチケットはあっという間に完売するほどだ。二〇二三年には、大型オンライン書店ｙｅｓ24が行った読者投票で五万票以上を獲得し、「韓国文学の未来を担う若い作家」の第一位にも選ばれた。画期的なセルフプロデュースで作家としての地位を築いた著者はＭＺ《エムズィー》世代（ミレニアル世代とＺ世代を合わせた韓国固有の世代分類）の星であり、インスタグラムのフォロワーは九・七万人を超えている。

若い女性だけではなく、いわゆる旧世代の男性からも熱い支持を得ている。大宇《デウ》グループの創業者である故キム・ウジュン元会長や故盧《ノ》武《ム》鉉《ヒョン》元大統領らの側近としてスピーチライターの経験も持つカン・ウォングク氏は、イ・スラとのインタビューを収録した著書『カン・ウォングクの人生勉強』（Ｄプロット、二〇二四）で「イ・スラは既成概念や常識を打ち破り、この世になかったものを創り出した」、「私も彼女と対話しながら、時代が変わったのを認めざるを得なかった」と書いている。ビッグデータ収集・分析の専門家であるソン・ギルヨン氏は、著書『時代予報——核個人の時代』（教保文庫、二〇二三）の中で本書について、

「この小説がすばらしいのは何と言っても関係性の再整理にある」とし、「親から与えられた愛情に親孝行で報いるという従属的な関係ではなく、互いを尊重し、対等に認め合う新しい関係を提示している」と評価している。

著者は二十一歳のころから作文教室を続けている。小説の中では小学生相手に教えているが、実際の教室は二十歳前後の若者も含まれているので、文章教室といったほうが正しいかもしれない。その教室での経験と、二十代半ばまで自身が通っていた文章教室のことをまとめたのが本書にも出てくるエッセイ集『まめまめしい愛』（文学トンネ、二〇二〇）だ。イ・スラは周囲の人々をとても大事にし、まめまめしく愛する人だ。「家女長」という革新的な言葉にこめられた愛が日本の読者の心にもしっかり届き、家族について、多様な存在について、そしてそれらの間に絶え間なく噴出する葛藤についてあらためて考えるきっかけになることを願ってやまない。

編集者の大渕薫子さん、デザイナーの名久井直子さん、イラストレーターの一乗ひかるさんをはじめ、この本を制作し、読者の皆さんに届けることに携わられたすべての皆さんに感謝申し上げる。

二〇二四年三月

清水知佐子

著者

イ・スラ（李瑟娥）

1992年、ソウル生まれ。有料メールマガジン「日刊イ・スラ」の発行人。ヘオム出版社代表。大学在学中からヌードモデル、文章教室の講師として働き、雑誌ライターなどを経て2013年に短編小説「商人たち」で作家としてデビュー。著書にエッセイ集『日刊イ・スラ　私たちのあいだの話』（原田里美・宮里綾羽訳、朝日出版社）、『私は泣くたびにママの顔になる』、『心身鍛錬』、『まめまめしい愛』、『とにかく、歌』、『すばらしき人生』、インタビュー集『まじりけのない尊敬』、『新しい心で』、『創作と冗談』、書評集『君は生まれ変わろうと待っている』、共著に書簡集『私たちの間には誤解がある』（以上すべて未邦訳）などがある。
インスタグラム：@sullalee

訳者

清水知佐子

和歌山生まれ。大阪外国語大学朝鮮語学科卒業。読売新聞記者などを経て、翻訳に携わる。訳書に、キム・ハナ、ファン・ソヌ『女ふたり、暮らしています。』、キム・ハナ『話すことを話す』、『アイデアがあふれ出す不思議な12の対話』（以上、CCCメディアハウス）、朴景利『完全版 土地』、呉貞姫『幼年の庭』（以上、クオン）、タブロ『BLONOTE』（世界文化社）、クァク・ミンジ『私の「結婚」について勝手に語らないでください。』（亜紀書房）などがある。

STAFF

装画：一乗ひかる

ブックデザイン：名久井直子

DTP：茂呂田 剛（M & K）

校正：文字工房燦光

29歳《さい》、今日《きょう》から私《わたし》が家長《かちょう》です。

2024年4月10日　初版発行

著者　イ・スラ

訳者　清水知佐子

発行者　菅沼博道

発行所　株式会社CCCメディアハウス

〒141-8205　東京都品川区上大崎3丁目1番1号

電話　049-293-9553（販売）　03-5436-5735（編集）

http://books.cccmh.co.jp

印刷・製本　図書印刷株式会社

ISBN 978-4-484-22254-7